미소녀 여고생은 낮잠 중 ㄹㄹ

하루야마 미야

CONTENTS

kanzai yuki

ill.higeneko

KUSOGAKI who met again for the first time
in 10 years has grown into an innocent beautiful girl

1

나는 창밖 정원의 경치를 바라보면서 숨을 내쉬었다.

"아사카, 준비됐니?"

검은 정장을 입은 아버지가 방에 찾아왔다. 기분 탓인지 표정이 딱딱했고 긴장하고 있는 것 같았다. 그럴 만도 하다.

"쿄우카와 토우카는 직접 간다고 하는구나."

난 교복을 입고 있다. 동복이라서 조금 덥다.

"네, 알겠어요."

"마지막으로 교복을 입은 모습을 보여줘야지."

"……네."

"그럼 가자."

난 천천히 일어섰다.

오늘은 어머니의 기일이다.

7년 전 여름, 어머니는 교통사고에 휘말려 돌아오지 못하는 사람이 되었다. 어머니가 돌아가신 후, 난 가능한 한 어머니에 대해 생각하지 않으며 살아왔다. 어머니와의 추억은 많이 있었을 것이고, 난 어머니를 정말 좋아했을 것이다. 하지만 생각나는 어머니에 대한 추억은 할아버지의 죽음을 바라는 떨리는 목소리와 비통한 뒷모습뿐. 그게 싫어서 난 계속 어머니에게서 눈을 돌리고 살아왔다.

하지만 1년 중 딱 하루, 기일의 성묘만큼은 참가해야만 한다.

매년 그렇지만 묘원에 도착하면 발걸음이 무거워지고 몸이 떨린다. 그리고 말없이 자리 잡고 있는 묘비와 마주하면 그 저주받은 날의 정경이 떠오른다.

올해도 결국 이날이 오고야 말았다.

차창으로 보이는 풍경이 차차 숲으로 바뀌기 시작했다. 겐도지가의 묘는 마을 남서부의 산속에 있다. 덜컹덜컹 흔들리는 차는 지금 나의 불안을 나타내는 듯했다.

이윽고 차는 좁은 주차장으로 들어갔다.

"아~쨩, 오랜만!"

차에서 내리자 얼굴에 풍만한 가슴이 밀려왔다. 외국의 향수를 뿌렸는지 이국적인 향이 났다.

"숨 막혀요. 토우카 언니."

안겨온 언니 겐도지 토우카를 떼어냈다.

"매정하네, 반년 만에 보는 건데. 아, 그래 선물 있어."

"이번엔 어디에 갔어요?"

"이야, 삼장법사가 갔던 길을 따라서 체험하려고 중국에서 인도까지 초단기 투어를──."

겐도지가의 차녀, 토우카. 연령은 31세. 빨갛게 염색한 화려한 단발에 옅은 갈색으로 탄 피부, 자유분방하다는 말을 의인화한 듯한 사람이다.

그녀는 해외를 전전하며 생활하고 있으며 일본에는 1년에 몇 번밖에 돌아오지 않는다. 만날 때마다 머리카락의 색이 바뀌며

설에 만났을 때는 분명 머리카락이 초록색이라 아버지와 쿄우카가 격노했던가.

미국의 대학에 다니기 위해 이주한 것은 좋았지만, 무엇에 감화된 건지 졸업한 후에도 집안의 회사에 취직하지도 않고 그대로 미국에 남아서 해외를 놀러다녀── 돌아다니고 있다.

"그래서 있지, 도중에 들른 태국의 카레가 매워서."

"……삼장법사의 여정에 태국이 있었던가요?"

그 루트는 아마 틀린 게 아닌가, 하고 나는 생각했다.

"토우카, 어머님 앞이에요. 조용히 하세요."

쿄우카 언니가 나무랐다.

"네~."

"슬슬 여기로 돌아와서 취직하는 게 어때?"

"아니 아니, 회사는 언니가 물려받을 테니까 난 자유롭게 살거야. 차녀의 특권."

"하아, 정말. 아사카, 오랜만이야."

"오랜만이에요, 쿄우카 언니."

겐도지가의 장녀, 쿄우카. 연령은 35세. 〈겐도지〉의 전무를 맡고 열심히 일하는 커리어 우먼이다. 길게 기른 검은 머리에 꿰뚫어 보는 듯한 눈빛. 반듯한 콧날은 어머니에게 물려받았을 것이다. 예전에 결혼을 했지만, 어머니가 돌아가신 해에 이혼해서 지금은 독신. 아이도 없다.

쿄우카 언니는 내 볼을 쓰다듬고,

"어머님을 쏙 **빼닮았어**."

사랑스럽다는 표정을 보였다.

"그치, 진짜 어머니랑 똑같아."

토우카 언니도 동조했다.

"그런가요?"

쿄우카 언니도 토우카 언니도 나와 12살 이상 나이 차이가 있는 데다 어릴 때는 떨어져 지내기도 해서, 친언니라기보다는 친척 언니라는 느낌이었다.

"애들아, 가자."

아버지의 호령에 우리는 묘로 향했다.

깊은 산속에 만들어진 묘원. 분위기는 장엄하며 귀에 들어오는 건 우리의 발소리뿐. 벌레들의 소리는 물론이요 바람이 속삭이는 소리도 들리지 않았다.

나무들 사이로 난 계단을 올랐다.

한 걸음 한 걸음 나아갈 때마다 발이 무겁게 느껴졌다. 호흡이 거칠어지고 머리가 아파————져야했을 것이다. 적어도 작년까지는 그랬다.

이윽고 묘지에 도착했다. 숲이 주위를 덮어 정적에 휩싸여 있었다. 입구에 있는 수도에서 물을 긷고 아버지가 통을 들었다.

다들 말이 없는 채로 갔다.

죽 늘어선 묘비. 어디선가 풍겨오는 향냄새. 우리는 겐도지가의 묘 앞에서 멈춰 섰다.

묘비에 물을 끼얹고 꽃병에 국화를 넣었다. 향을 향로에 꽂자 애달픈 향기가 피어올랐다. 아버지부터 순서대로 묘비 앞에 서서 합장했다. 이때만큼은 토우카 언니도 표정이 숙연해진다.

"자, 아사카."

아버지가 권해서 한 발 앞으로 나왔다.

매년 이 순간이 싫었다.

피하고 있던 어머니와의 추억이 저주스러운 기억이 되어 되살아난다. 내가 합장하는 시간은 항상 가장 짧았다.

하지만 올해부터는 다르다.

추억에만 사로잡혀있던 난 이제 없다. 추억도 소중하지만, 그 이상으로 소중한 사람과 재회했으니까.

눈을 감으니 눈꺼풀 뒤로 당시의 영상이 흘렀다.

——어두운 세면대에 푹 엎드린 어머니. 졸졸 흐르는 물소리.

지금 당장이라도 이곳을 벗어나고 싶다. 하지만 그래선 안 된다. 어머니, 전 당신을 극복할 거예요. 추억이 전부 사라져버려도, 지금 내겐 유우 오빠가 있어.

——'빨리 죽어줘'라고 중얼거리는 걸 각오하고 있었다. 하지만 등을 돌리고 있던 어머니는 아무 말도 하지 않고 돌아봤다.

"어?"

그 표정은 한없이 맑고 따뜻하게 웃는 얼굴이었다.

"아사카?"

"기분 안 좋아?"

두 언니가 내 등을 쓰다듬었다. 정신을 차리고 보니 난 주저앉아버린 모양이었다.

"어머니……."

오랜만에 어머니의 얼굴을 봤다. 아니, 떠올렸다. 내가 떠올리는 어머니는 항상 뒷모습뿐이었으니까. 동시에 어머니와의 추억이 물밀듯이 내 마음에 흘러들어왔다.

"아아……."

내 이름을 부르는 목소리. 바쁘게 일하다가 짬을 내서 놀아준 어머니. 유치원 때는 자장가를 자주 불러줬었지.

시야가 번지고 마음이 넘쳐흘렀다.

"으아아아아아아앙."

어머니, 사랑했습니다.

2

"이제 진정됐어?"

쿄우카 언니가 얼굴을 들여다봤다.

"네, 괜찮아요."

그리고 난 다시 합장했다.

어머니, 전 고등학교 3학년이 되었어요.

지금은 정말 즐겁게 지내고 있어요. 전 어머니를 사랑해요. 지금까지 외면해서 죄송해요. 인간 세계는 아름답지 않아요. 어른이 되어서 겨우 그 사실을 깨달았어요.

어머니가 고민하고 괴로워한 이유도 지금은 이해할 수 있어요. 그때 도망치지 않고 어머니의 버팀목이 되어줬다면 다른 미래가 있었겠죠.

전 추억이야말로, 추억 속의 세상이야말로 최고라고 생각해왔어요. 하지만 추억 이상으로 소중한 것이 생겼어요.

전 지금 어떤 남자를 위해 살고 있어요.

그 사람을 생각하면 마음이 훈훈하게 따뜻해지고, 가끔은 불타오르듯이 뜨거워져요.

그 사람과 있을 때가 가장 행복해요.

어머니와 같은 무덤에는 들어가지 못하겠지만 지켜봐 줬으면 좋겠어요.

또 보러 올게요.

우리는 성묘를 끝내고 출구로 향했다. 그때였다.

"어?"

난 뒤돌아봤다.

"왜 그래? 아~쨩."

"아뇨, 아무것도. 가요."

나뭇잎 사이로 햇볕이 쏟아지는 계단을 내려가고 있으니 매미 소리가 들려왔다.

1

시간을 조금 거슬러 올라가, 캠핑하러 가기 이틀 전.

오전 9시 반.

국도 139호선을 타고 시빅을 몰며 북쪽으로 달렸다. 동쪽에 보이는 후지산은 정상 부분부터 오오사와쿠즈레[*]가 깊이 패여 있다. 주위에는 고원이 펼쳐져 목가적인 풍경이 끝없이 이어져 있었다. 이 주변에는 목장이 몇 군데인가 있어서 창문으로 들어오는 공기에는 그 목장들의 독특한 냄새가 섞여 있었다.

그다지 좋아하지 않는 냄새지만 어린 시절이 느껴지는 그리움이 있어서 창문은 닫지 않고 계속 달렸다.

하늘은 한없이 파랗고 구름 한 점 없는 최고의 날씨다.

오늘은 마을 북서부에 있는 조부모님의 집에 갈 예정이다. 생각해보면 여기로 귀성한 후로 한 번도 얼굴을 비추지 않았다. 조부모님과 만나는 것도 10년 만인가.

시기가 시기라서 그런지 오가는 차 중에 캠핑카와 관광버스가 많은 것 같네.

이 주변은 관광 자원이 풍부해서 아웃도어 활동이 목적인 사

---

*후지산의 서쪽면에 있는 커다란 침식 계곡.

람들이 잘 찾아온다. 캠핑장과 숙박시설도 잘 갖춰져 있으며 우리가 모레 가는 캠핑장도 이 근처에 있다.

숲속으로 꺾이는 길로 들어가 외가—— 토가미가로 향했다.

"오랜만이네."

토가미가는 순 일본풍 저택이다. 넓은 앞뜰에는 다리를 놓은 연못이 있고 정원수 등은 손질이 잘 되어 있다.

초목에 물을 주는 작은 등이 보였다. 난 몰래 뒤로 다가가 말을 걸었다.

"요."

"왓, 어라, 유우?!"

"오랜만이야, 할머니."

"얘도 참, 깜짝 놀랐잖여."

외할머니—— 토가미 카츠노는 가슴에 손을 대고 숨을 크게 내쉬었다.

"미안 미안."

약간 굽은 등, 도수 높은 돋보기안경, 머리는 짧은 편이고 전체적으로 통통한 체형. 기억 속에 있는 할머니의 모습과 거의 차이가 없다. 흰머리가 조금 늘어난 정도일까.

"할아버지는?"

"농협 갔어. 이야 깜짝 놀랐네."

더운 곳에서 서서 이야기하는 것도 뭣해서 우리는 실내로 들어갔다. 정원에 접한 다다미방에서 차가운 보리차를 마시면서 쌓인 이야기로 이야기꽃을 피웠다.

"고등학교 나오고 나서부터 전혀 얼굴 안 비쳤잖여. 3월에 돌아왔지?"

"맞아 맞아."

한 번쯤은 오지 그랬냐. 설에도 얼굴 한 번도 안 비치고."

"좀 바빴다니깐."

"정말."

할머니는 토끼 모양을 한 귀여운 코스터에 컵을 두고 일어섰다.

"과자 있어. 먹을려? 아, 그렇지 지금——"

그때, 인터폰이 울렸다.

"응? 누구여."

할머니는 귀찮은 듯이 현관으로 향했다. 난 혼자 보리차를 마시면서 실내를 서성거렸다.

벽의 얼룩, 가구 배치에 기둥의 나뭇결. 전부 옛날 그대로다. 아무리 그래도 집 전화기와 냉장고, 에어컨 등의 가전 같은 건 최신 기계로 바뀌어 있었지만.

우리 집에서는 거리가 있어서 자주 오지는 않았지만 어린 시절의 추억이 가득 담긴 소중한 곳이다.

할머니는 아직 돌아오지 않았다.

엿보니까 중년 여자와 현관에 서서 이야기를 하고 있었다. 이 상태면 계속 돌아오지 않겠구나. 좀 더 집 안을 둘러볼까.

넓은 방을 들여다봤다.

다다미 30장이 깔릴 정도의 넓이에 가늘고 긴 앉은뱅이 탁자가 평행하게 늘어서 있었다. 설이나 오봉 같은 때에 친척이 모여서 여기서 자주 연회를 했었지.

어머니를 필두로 친척들은 모두 술꾼이라서, 세끼 밥보다 술을 사랑하는 사람뿐이다. 기회가 있을 때마다 이 방에 모여서 술잔치를 벌였다. 그때의 떠들썩함이 되살아나는 듯한 느낌이 들었다.

"응?"

안쪽에 있는 테이블과 텔레비전 사이에 뭔가 이곳과는 어울리지 않는 것을 발견했다.

빨간 물방울무늬가 그려진 작은 수첩 같은 물건이다. 그 옆에는 헬로 ㅇ티 키링이 달린 펜이 방치되어 있었다.

술잔치의 냄새가 배어든 방에 이런 귀여운 물건이 있다니. 할머니의 물건일 텐데, 뭔가 좀 너무 동화스럽지 않나?

마음은 언제까지나 젊게 있고 싶은 것일까.

2층으로 올라가 할아버지의 서재로.

먼지와 담뱃진 같은 냄새가 났다. 여기도 옛날과 거의 변함이 없다.

좌우의 벽은 천장까지 닿을 정도의 책장으로 채워져 있고, 책장 안에도 다양한 종류의 책이 가득 채워져 있었다. 정면의 창문 앞에는 책상이 자리 잡고 있는데 방의 주인은 없다. 아까 할머니가 농협에 갔다고 말했었지.

책상 위에는 소설이 쌓여있고 술잔과 오징어채 봉지가 아무렇게나 놓여있었다. 책상 옆에는 빈 사케병이 굴러다녔다.

할아버지는 자주 여기서 책을 읽으면서 반주를 하셨다. 어릴 때는 자주 여기에 숨어 들어와서 할아버지의 술안주를 받았었지. 술을 못 마셔서——지금도 잘 못 마시지만——사이다나 콜라를 대신 마시면서 흉내를 냈었는데.

"오?"

여기서도 안 어울리는 것을 또 발견했다.

방 중앙에 있는 테이블 위에 작은 서랍이 있는데 거기에 딸기우유와 하이츄 등의 과자가.

내 기억이 맞다면 할아버지는 단것을 잘 못 드셨을 건데……

뭐, 사람의 취향이란 바뀌기도 하는 법이지.

그 후에도 난 추억을 되돌아보면서 저택 안을 천천히 걸었다.

"여기다."

2층에 있는 어떤 방.

여긴 특히 추억이 많은 곳이다.

어른들이 연회에 열중하고 있는 동안에 사촌들과 모여서 게임을 하거나 하면서 놀았던 방. 그렇다고는 해도 이 집에는 게임기가 슈퍼 ○미컴밖에 없어서 게임○브나 플○이 스테이션2를 각자 가져오거나 게○보이 어드밴스나 D○등의 휴대 게임기로 놀았다.

난 문을 열었다. 문을 열자 먼저 눈에 들어온 것은,

"어?"

"에?"

하얀 팬티에 감싸인 엉덩이였다.

*

등까지 기른 금색 머리카락, 눈처럼 하얀 피부. 어깨 너머로 날 바라보는 파란 눈동자. 막 벗은 티셔츠를 오른손에 들고 있었다.

그 인형처럼 반듯한 얼굴에서는 갑작스럽게 벌어진 일에 대한 동요가 엿보였는데, 그건 나도 마찬가지였다.

누, 누구지?

나이는 10대 중반, 중학생 정도인가?

나와 그녀는 시선을 맞춘 채로 한 발짝도 움직이지 않았다. 갑작스럽게 일이 벌어져 서로 상황을 이해하지 못한 채로 얼어붙어 버린 것 같았다. 방에서 달달한 향이 퍼져 나왔다. 아니, 그런 건 아무래도 상관없다.

"그……."

내가 입을 열려는 것과 동시에 그녀는 이쪽으로 돌아섰다. 그리고 비명을 질렀다.

"꺅~!"

그 새된 소리를 듣고 난 그제야 자신의 상황을 이해했다.

뭐랄까. 이래서는 꼭 내가 소녀의 옷 갈아입는 모습을 엿보러 온 변태놈 같지 않은가.

"죄, 죄송합니다."

재빠르게 문을 닫았다.

대체 무슨 일이지?

그보다 저 미소녀는 누구야. 이 집에는 할아버지와 할머니 두 분이 살고 있을 텐데…… 그런데 왜 금발 미소녀가? 서, 설마…… 생긴 건가, 그 나이에?

그런 일은 있을 리가 없다…… 고는 단언할 수 없다. 저 아이가 15살이라 치고 할머니와 할아버지의 연세를 역산하면…… 하지만 저 아이는 어떻게 봐도 해외의 피가 들어있으니까……

"헉!"

설마 숨겨둔 아이?

아니지 아니지, 난 무슨 생각을 하는 거냐.

너무 혼란스러워서 아까부터 생각이 엉뚱한 방향으로 가고 있다. 심호흡을 해서 스스로를 진정시켰다. 사정을 알고 있을 할머니에게 물어보자고 생각해서 급히 1층으로 내려갔다.

"어라? 어디 갔지?"

방금까지 현관에 있었을 텐데 모습이 보이지 않는다.

"할머니?"

주방과 큰 방 등, 닥치는 대로 찾아봤지만 할머니는 찾지 못했다. 밖에 간 걸까. 난 신발을 신고 밖으로 나갔다.

정원에 나와 봤지만 여기에도 할머니는 없었다.

"곤란하네."

안으로 돌아갈 마음이 들지 않았다. 대체 그 아이는 누구일까. 그렇게 10분 정도 밖에서 기다리고 있으니 할머니가 야채를 안고 돌아왔다.

"어~이."

그러고 보니 뒤쪽에 밭이 있었던가.

"아, 할머니."

"유우, 야채 들고 가거라."

"어어, 고마워. 아니, 그런 것보다……."

방금 일어난 트러블에 대해 설명해야 한다.

그때였다. 집 앞에 익숙한 흑백의 차── 경찰차가 들어왔다.

"어?"

그리고 긴장한 표정의 경찰관이 나왔다. 그 위엄 있는 모습에 난 가슴이 확 답답해졌다.

아까부터 머릿속이 '?'의 연속이다.

"신고를 받고 왔습니다."

?

"이제 괜찮습니다."

?

"저기, 무슨 일인지?"

할머니가 물었다.

"수상한 사람이 집 안에 침입했다는 신고를 받고 왔습니다만."

?

나와 할머니는 얼굴을 마주 봤다.

"이 녀석이야, 이 녀석. 경찰 아저씨."

이번엔 뒤에서 목소리가 들렸다. 뒤돌아보니 아까 본 미소녀가.

"할머니한테서 떨어져."

할머니?

"너, 넌 대체."

미소녀는 날 무시하고 경찰관을 다그쳤다.

"뭔 일이여, 유우히?"

할머니가 물었다.

"이 녀석이 유우히가 옷 갈아입는 걸 훔쳐봤어요."

그녀는 그렇게 말하고 날 가리켰다.

가슴이 쿵쾅거렸다.

쾌청한 하늘 아래에 있다고는 생각할 수 없을 정도로 그곳에 흐르는 분위기는 굉장히 침체되어 있었다.

경찰관의 무기질적인 시선, 금발 미소녀의 불타는 듯한 시선, 그리고 할머니의 난감한 시선이 전부 나에게 모였다.

위가 팽팽하게 수축하고 피가 얼어붙을 정도로 체온이 내려간 것 같은 느낌이 들었다. 그런데도 온몸에서 땀이 확 나는 그리운 감각이 느껴졌다.

경찰관은 이쪽으로 한 발 내딛었다.

"너, 잠깐 이야기를 자세히 들려줄 수 있을까."

"아, 아니에요. 오해에요. 전 그저——."

그때 정체불명의 금발 미소녀가 파란 눈동자로 나를 째려보며 입을 열었다.

"너, 대체 누구야."

'그건 내가 할 소리'라고 말하려다가 방금 한 그녀와 할머니의 대화 속에서 등장한 이름을 떠올렸다.

유우히.

갑자기 그리운 기억이 머리 밑바닥에서 솟구쳐 올라왔다. 유우히라면 분명……

영국인 어머니를 닮은 연한 금색 머리카락에 인형처럼 반듯한 얼굴. 작고 제멋대로인 성격, 토가미 유우히. 내 사촌이다. 오봉이나 설 등, 1년에 몇 번 정도밖에 만날 기회가 없었던 데다 10년 동안은 못 만나서 완전히 잊고 있었다.

그래 맞아.

"할머니, 혹시 얘, 유우히?"

할머니는 기쁜 듯이 웃음을 지었다.

"그래 그래, 지금은 우리 집에서 살고 있어."

"와아, 많이 컸구나……."

기억 속의 유우히의 모습은 유치원에 다니던 시절에 멈춰있지만 그 모습이 분명 남아 있었다.

"유우히, 오랜만이네, 나 기억나?"

"몰라, 너 누군데!"

"으……."

유우히는 당장이라도 덤벼들 것 같은 사나운 태도로 외쳤다.

그것도 그렇다.

그녀 입장에서 보면 모르는 아저씨가 갑자기 자기 방에 와서 옷 갈아입는 모습을 본 거니까.

"유우란다, 기억 안 난대? 사야카의 아들이고 옛날에 너랑 자주 놀아줬는데?"

할머니가 달래듯이 말하자 유우히는 힐끗 이쪽을 보았다.

"사야카 고모의……? 그럼, 아저씨, 유우히의 사촌이야?"

"그래. 오늘은 놀러 왔어. 옷 갈아입는 도중에 방에 들어간 건 진짜 미안해. 잘못했어. 유우히가 살고 있다는 건 몰라서."

내가 머리를 깊이 숙였다.

"나도 미리 말해둘 걸 그랬네"라고 말하는 할머니.

"진짜 미안."

"……진짜 잘못했다고 생각하고 있어?"

"그래."

"흐음. 뭐, 유우히도 피도 눈물도 없는 건 아니니까 진심으로 사과하면 용서해줄 수 있는데."

"정말? 고마워."

"흥."

팔짱을 끼고 불만스러운 듯한 태도이긴 하지만 어떻게든 용서를 받았다. 지금까지의 대화를 지켜보고 있던 경찰관에게도 사정을 설명해서 겨우 오해가 풀렸다.

"죄송합니다, 번거롭게 했네요."

난 경찰관에게도 머리를 숙이고 떠나가는 경찰차를 지켜봤다.

2

우린 저택의 거실에 모여 다시 얼굴을 맞댔다.

"10년 만인가, 유우히. 많이 컸구나."

"유우히는 전혀 기억 안 나는데."

"그, 그래."

유우히와 마지막으로 만났을 때, 그녀는 유치원생이었다. 당시에 6살이었으니, 그때부터 10년 이상이나 안 만났으면 날 기억하지 못해도 이상할 것 없다.

미야와 다른 아이들처럼 매일 같이 지냈던 것도 아니고 10년이나 만나지 않았으니 이게 정상적인 반응일 것이다.

나는 기억하고 있는 만큼 왠지 좀 섭섭하다.

'둘이서 게임하면서 놀았어'라며 할머니가 옛날을 그리워하듯이 말했다.

"기억 안 나."

유우히는 바로 답했다.

"친척인데 새해나 오봉 때도 귀성하지 않았던 것 같은데?"

아픈 곳을 찔렸다.

"귀성하지 못할 정도로 일이 바빠서 일을 그만두고 3월에 시즈오카에 돌아왔어."

"백수라는 말이야?"

"아니, 똑바로 집에서 하는 가게에서 일하고 있어."

"〈문 나이트 테라스〉 말이지. 최근엔 안 갔어."

유우히는 지루한 모양이다. 난 가능한 한 이야기꽃을 피우려고 시도해 봤다.

"이제 고등학생이지. 어디 고등학교야?"

"키타고."

"흐음."

미야와 마히루와 같은 고등학교인가.

"나도 옛날엔 키타고였어."

"아 그래."

유우히는 관심 없다는 듯이 손가락에 머리카락을 말았다.

"유우가 도쿄에 취직하고 10년 정도 지났으니께."

할머니가 차를 끓이기 위해 자리에서 일어서자 유우히는 이쪽으로 얼굴을 쑥 내밀었다.

"오해였다는 건 인정해주겠지만 유우히가 옷을 갈아입는 모습을 봤다는 건 사실이니까. 이 일에 대한 보상은 언젠가 꼭 받을 거야. 변태."

그런 말을 남기고 유우히는 방에서 나갔다.

"벼, 변태라니."

이거 상당히 경계하고 있구나.

만남이 그런 식이었던 만큼 잘못은 완전히 나에게 있으니 미움받아도 어쩔 수 없지. 그래도 옛날부터 알고 있는 아이——그것도 친척——에게 거절당하는 건 마음이 아프네.

"어라? 유우히는?"

쟁반에 3인분의 컵을 얹고 할머니가 돌아왔다.

"방에 돌아간 것 같아요."

"그래, 옛날처럼 사이좋게 지냈으면 하는데."

"아니 그…… 하하."

그날은 토가미가에서 저녁 식사에 초대를 받아 차는 두고 묵게 되었다.

"자, 한 잔 더."

할아버지── 토가미 토요키치는 빈 컵에 바로 맥주를 따랐다.

"더, 더는 못 마신다니깐, 할아버지."

"무슨 소리냐. 아직 한 병도 못 비웠는데."

할아버지가 반 이상 남은 맥주병을 들었다.

"이봐요, 너무 억지로 먹이면 안 되지. 자, 유우 이리 줘봐."

할머니는 나한테서 컵을 잡아채서 단숨에 맥주를 마셔버렸다.

"실화냐."

"푸하, 맛있네."

그렇게 할아버지와 할머니는 계속해서 빈 병을 양산해 나갔다.

"할머니, 너무 마시면 안 돼."

유우히가 그렇게 말하자 할머니는 싱긋 미소 지으면서 말했다.

"괜찮여, 괜찮여."

"하아."

확실히 여유로워 보인다. 역시 이 세상에 어머니를 낳은 분
답다.

할머니와 할아버지가 이렇게 술을 대량으로 마시는 모습은 어
릴 때부터 늘 봐서 익숙하다. 하지만 술의 마력을 아는 나이가
되어 다시 이런 광경을 보니 그게 얼마나 위험한 것인지를 이해
할 수 있었다.

마치 물이라도 마시는 것처럼 맥주가 넘어갔다. 난 몇 분에 한
번 홀짝홀짝 맥주를 한 입 마시는 게 고작인데.

"하아. 유우와 술을 마실 수 있는 날이 오다니."

할아버지는 기분이 좋았다.

"……잘 먹었습니다."

유우히가 자리에서 일어섰다. 낮에 일어난 일도 있어서인지 그녀와는 좀처럼 즐겁게 대화하지 못했다.

"저, 저기 유우히."

"뭐야? 변태."

"으……."

말도 못 붙이겠다. 게다가 변태라는 낙인까지 찍혔다.

"유우히는 왜 저래? 모처럼 유우가 왔는데."

"저 나이대에는 여러 사정이 있으니께. 유우, 방은 2층 안쪽에 있는 곳을 써."

"아, 응."

사실은 자고 갈 생각은 없었지만 할아버지에게 억지로 불려서 무심코 마시고 말았다. 내일은 일을 해야 하니 아침 일찍 일어나서 집에 돌아가야 한다. 그리고 할아버지와 할머니의 반주에 어울려서 나도 어느 정도의 술을 마셨다.

머리가 어지럽고 시야가 빙빙 돌았다.

이건 좀 위험하네.

토할 정도는 아니지만 슬슬 한계가 온 것 같다.

"나, 난 이제 잘게."

"2층 안쪽이다."

"응."

난 균형을 잘 못 잡는 채로 방에서 나왔다.

이거, 계단은 잘 오를 수 있을까.

*

유우히는 앨범을 넘겼다. 이 저택의 큰 방에서 찍은 한 장의 사진에 시선을 떨궜다.

과연, 친척 전원 속에 확실히 저 아저씨의 얼굴이 있다.

이쪽에는 무려 저 아저씨와 유우히 둘이서 찍은 사진까지 있었다. 유우히가 4살 때의 사진. 아저씨가 유우히를 안고 정원의 다리 위에서 웃고 있었다.

"흐음."

유우히는 전혀 기억하지 못하지만 저 아저씨가 유우히의 사촌이라는 건 사실인 것 같다.

그러고 보니 아리츠키 고모의 아들이 도쿄에 취직했다는 이야기를 꽤 옛날에 들은 적이 있었지.

그 외에도 같이 슈퍼 ㅇ미컴을 하고 있는 모습이나 거실의 코타츠에 둘이서 엎드려 있는 모습, 아저씨가 말이 되어서 유우히를 태우고 있는 모습 등, 아저씨와 유우히 둘이서 찍은 사진은 많이 있었다.

"……."

전부 사이가 좋아 보여서 꼭 남매 같았다.

아저씨는 유우히를 기억하고 있었구나. 어쩐지 차가운 태도로 대해서 미안한 짓을 했을지도. 물론 유우히가 옷을 갈아입는 모습을 엿본 건 큰 죄지만.

키타고 철벽성녀 중 한 명인 유우히가 옷을 갈아입는 장면을 엿보다니, 죽어도 불평할 수 없는 일이라고.

시계를 언뜻 보니 슬슬 8시. 목욕이라도 할까.

1층에 내려갔을 때 누군가와 부딪쳤다.

"아얏."

"우왓."

"무슨!"

그 아저씨가 유우히에게 들이박듯이 부딪쳐 왔다. 아저씨의 얼굴이 유우히의 가슴에 부딪쳤다.

이 변태, 역시 일부러 이러는 게…….

"우왓."

꽤 많이 취했는지 아저씨는 그대로 엉덩방아를 찧었다. 아무래도 술에 취해서 다리가 휘청거려 넘어지려던 순간에 유우히와 부딪친 모양이다.

기가 막히네.

"하아, 잠깐 괜찮──."

착한 유우히는 손을 내밀었다.

"앗, 유우히? 왜, 왠지 **벽에 부딪쳤어**."

"! 벼, 벽……?"

"아니, 벽이라 해야 할까, 판자라 해야 할까, 뭔가 평평한 것에……."

얼굴이 새빨간 아저씨는 초점이 흐릿한 눈으로 허공을 보고

있었다. 지금 부딪친 게 유우히라는 걸 알아차리지 못할 정도로 술에 취한 것 같다.

하지만——.

"수직이라 해야 할까, 쭉 뻗었다고 해야 할까, 아무튼 **평평**한 것에……."

"벽이라서 미안하네!"

내민 손을 뒤집어 볼을 향해 힘껏 날렸다.

파앙 하고 상쾌한 소리가 났다.

"으걱."

"잠깐 잠깐, 뭔 일이래."

할머니가 거실에서 왔다.

"휘청거리다가, 벽에 부딪쳐서——."

계속 벽 소리만 하잖아.

"난 이제 몰라, 이 변태!"

둘을 남겨두고 유우히는 서둘러 목욕을 하러 갔다.

건방진 꼬맹이와 가을 축제

1

경쾌한 북의 울림, 춤추는 듯한 피리의 음색. 가끔 축제 음악에 섞여서 신호포가 대기를 흔들었다. 기분이 고양되었고 달아오른 몸에 부는 가을바람이 기분 좋았다.

가을 축제다.

매년 11월 3일부터 5일까지 3일 동안 센겐 대사와 그 주변에서 가을 축제가 진행된다. 노점이 경내를 채우고 동네마다 준비한 축제용 수레를 끌고 다니는 것이다.

축제용 수레를 타고 북을 치거나 피리를 연주하거나 다른 동네의 축제용 수레와 경합을 하는 등, 그 열기와 활기는 대단하다.

우리 동네도 축제용 수레를 내보냈고, 어머니와 아버지도 아침부터 축제에 참가했다.

나도 어릴 때는 축제용 수레 위에 타서 북을 쳤지만 지금은 구경꾼으로서 밖에서 보는 게 더 마음이 편하다.

솔직하게 말하자면 이런 행사에 참가하는 건 좀 부끄럽다. 경합할 때는 소리를 질러서 상대를 위협(?)해야만 하고, 요란한 모습을 많은 사람들이 보기도 하고…….

뭐, 그건 그렇고 이 축제의 분위기는 좋아하니 이번에는 응원하는 쪽에 있자.

오후에 노점을 구경하고 우리 동네의 집회소에 가니 참가자들이 축제용 수레를 둘러싸고 있었다. 젊은 사람들은 대부분 축제용 민소매 옷에 코이구치 셔츠*를 걸쳐 목수 같은 모습이었고, 그 위로 핫피**를 입고 있었다. 나이가 있는 사람은 검은 기모노를 입고 있었다.

어머니는 벌써 캔맥주를 한 손에 들고 담소를 나누고 있었고, 아버지는 미야의 아버지인 하루야마 타이치—— 탓쨩과 함께 축제용 수레 점검을 돕고 있었다.

"어~이, 유우 오빠."

"유우 오빠."

"유우 오빠."

이거야 원. 익숙한 목소리가 들리는군.

건방진 꼬맹이들도 축제용 민소매 옷에 코이구치 셔츠, 딱 붙는 바지를 입고 머리에는 하얀 머리띠를 매고 있었다. 미야와 아사카는 긴 머리를 포니테일로 만들어 뒤로 묶었다. 아사카가 머리를 올리는 건 드문 일이라 신선했다.

"오오, 너희들. 잘 어울리네."

"유우 오빠, 우리가 북 쳐."

미야가 허리에 꽂은 북채를 꺼내 허공을 쳤다.

"둥두둥둥두둥둥두둥둥, 하고."

---

*옷깃이 없고 앞을 단추로 잠그는 반팔이나 7부 소매 셔츠. 주로 축제 때 입는다.
**일본에서 주로 축제 때 몸에 걸치는 겉옷의 일종.

북과 피리 연주는 교대제로 한다.

"너희가 제대로 할 수 있을까? 북은 어렵다고."

"제대로 연습했는걸, 그치~."

"그치~."

"그치~."

건방진 꼬맹이 셋은 서로의 얼굴을 마주 봤다.

"유우 오빠, 잘 보고 있으라고."

마히루가 말했다.

"오~, 그래 알았어. 그래서 너희 차례는 언제야?"

난 어머니에게 빌린 스케줄표를 봤다. 우리 지역의 축제용 수레가 도는 루트와 어디쯤에서 다른 지역과 경합을 하는지 지금 확인해두자.

"우리가 첫 번째야. 여기부터 여기까지."

"호오, 경합에는 나가?"

"안 나가."

"그러냐."

뭐, 역시 초등학교 1학년에겐 힘들겠지.

"유우 오빠, 나중에 센겐 씨의 축제에도 가요."

아사카가 내 옷을 잡아당겼다. 아무래도 노점도 보고 싶은 모양이다. 참고로 이 마을 사람들은 센겐 대사를 센겐 씨라 부른다.

"응? 너희들 계속 수레 끄는 거에 참가하는 거 아니야?"

"오후에 휴식 시간이 1시간 정도 있으니까요."

난 스케줄표를 확인했다.

"나 초코바나나 먹고 싶어."

"알았어 알았어."

"유우 오빠, 저기 봐."

미야가 축제용 수레의 위쪽을 가리켰다.

"응?"

"저거 진짜 사람이야?"

축제용 수레 위에는 기모노를 입은 여자 인형이 모셔져 있다.

"그럴 리가 없잖아."

"어~이, 아리츠키!"

돌아보니 시모무라 히카리가 달려오고 있었다. 복장을 보아하니 그녀도 축제에 참가하는 것 같다.

"시모무라는 올해도 나가는 건가."

"응, 피리를 불어. 아리츠키는 안 나가는구나."

"안 나가~. 저렇게 눈에 띄는 건 안 타고 싶으니까."

"초등학교 때는 나갔으면서."

"그때는 부모님이 억지로 나가게 했을 뿐이야."

"······높은 곳이 무서운 거지?"

"뭐? 뭐어?! 아니, 뭐라고?"

"어라? 정곡 찌른 거야?"

"그, 그그그, 그럴 리가 없잖아. 아, 슬슬 시작하는 것 같은데."

바퀴에 물려둔 목제 판자가 빠지고 축제용 수레가 움직이기 시작했다. 동네 사람들이 대열을 지어 천천히 걷고, 그 뒤를 따라서 축제용 수레가 천천히 나아갔다. 길가에는 구경꾼이 북적거렸고, 가끔 성원이 들렸다.

여기저기서 축제 음악이 들려왔다.

축제용 수레에는 호사스러운 장식이 돼있지만 일상의 풍경에 녹아든 것처럼 보이는 건 어릴 때부터 이 광경을 봐왔기 때문일까.

긴 막대를 든 힘센 남자가 축제용 수레 주위를 지키고 있었다. 저 막대를 바퀴에 물려서 수레를 멈추거나 움직이거나 하는 것이다.

축제용 수레 앞쪽에는 또 힘에 자신이 있을 것 같은 남자들의 집단이 있었고, 축제용 수레에서 뻗어 나온 밧줄을 끌어당기고 있었다. 그 속에는 탓쨩과 아버지의 모습도 있었다.

축제용 수레 위에는 히카리의 모습이 있었다. 기둥에 새끼줄을 묶고, 그 새끼줄에 기대듯이 해서 몸을 비스듬하게 내밀고 있었다. 즐겁게 피리를 불고 있는데, 무섭지 않은 걸까.

미야와 모두는 셋이서 나란히 북을 치고 있었다.

미야는 긴장하고 있는지 계속 미간을 찌푸리고 입을 다물고 있었다. 마히루는 축제용 수레 위에 있다는 상황을 즐기고 있는지 백 점짜리 웃음을 짓고, 아사카는 아주 진지해서 똑 부러지는 표정으로 북채로 두들기고 있었다.

한 번 휴식을 하고 연주 담당이 바뀌었다.

"유우 오빠, 어땠어~?"

"유우 오빠, 어땠어~?"

"유우 오빠, 어땠어요?"

셋이 길가에서 구경하고 있던 내 곁으로 달려왔다.

"제대로 보고 있었어?"라고 하는 미야.

"보고 있었어. 너희들 아주 조금 대단하네."

"아주 조금은 뭐야."

마히루가 내 엉덩이를 탁탁 때렸다.

"유우 오빠, 상 주세요."

아사카가 내 손에 달라붙었다.

"알았어, 나중에 노점에서 뭔가 사줄게."

"와~."

"와~."

"와~."

"자, 애들아, 줄로 돌아가."

"네~."

"네네."

"네~."

이윽고 일동은 걸음을 멈췄다. 정면의 길에는 다른 동네의 축제용 수레의 모습이.

눈이 마주치면 경합이 시작된다는 건 옛날이야기. 어디서 경합을 실시하는지는 사전에 정해져 있다.

옛날에는 길이 좁아서 우연히 맞닥뜨린 지역 중에서 어느 쪽이 길을 양보할지를 경합으로 정했다고 한다. 진 지역이 이긴 지역에게 길을 양보하고 발길을 돌려 다른 길을 찾는 약육강식의 세계가 펼쳐졌다고 하는데, 어디까지 사실인지는 알 수 없다.

축제용 수레들이 차차 가까워져 간다. 연주도 격렬해져 주위의 흥분을 부추겼다. 마침내 쌍방의 거리는 1미터도 안 남았다. 끈에 매달려 있는 사람은 상대를 도발하듯이 째려보고 축제용 수레를 둘러싼 남자들이 소리를 질렀다.

이윽고 축제용 수레의 거리가 벌어지고 입회인인 노인이 마이크를 들었다.

"에~, 이번 경합은, 무승부."

힘없이 고개를 떨구진 않는다. 예상된 일이다. 현대의 경합에서 승패는 정하지 않는다.

각자 축제용 수레의 방향을 전환해 각자의 루트로 돌아갔다.

2

휴식 시간이 되어서 꼬맹이들을 데리고 경내로 향했다. 노점이 마주 본 상태로 죽 이어졌고 여기저기서 좋은 냄새가 났다.

"야, 미야, 뛰지 마."

안 그래도 노점이 자리를 차지해서 길이 좁아져 있는데 수많은 사람이 모여 있다.

"잃어버리겠다."

"그러면 또 유우 오빠를 미아 센터에서 불러낼 거야."

"그건 진짜 하지 마."

"유우 오빠, 초코바나나."

마히루가 초코바나나 노점 앞에서 멈춰 섰다. 3인분의 초코바나나를 사줬다.

"맛있어~."

"맛있어."

"맛있어."

"아, 유우 오빠, 거북이가 있어요."

아사카가 거북이를 팔고 있는 노점에서 걸음을 멈췄다.

"귀여워."

"아사카, 거북이는 금방 커져."

마히루가 깨달은 듯한 말투로 말했다.

"어? 그래?"

"할머니네 거북이는 겨우 1년 만에 내 얼굴보다 커졌어."

"에에, 대단해."

"유우 오빠, 저거 하고 싶어."

미야가 거대한 괴수를 모방한 어트랙션을 가리켰다.

"아~, 그립네."

돔 내부에는 공기가 빵빵하게 채워진 에어매트가 깔려있고, 안에 들어가서 뛰어놀 수 있는 놀이기구다. 이런 축제가 있을 때는 반드시라고 해도 될 정도로 가게가 있다.

"조심해서 놀고 와."

"어? 유우 오빠도 들어가자."

미야가 내 손을 잡아당겼다.

"어? 아니 난 어른이니까."

"어른도 들어갈 수 있어. 요금은 500엔이야."

접수 아줌마가 생글생글 웃으며 말했다. 어린이의 두 배인가.

어쩔 수 없다. 난 500엔을 내고 강풍이 새어 나오는 입구로 돌입했다.

"오오."

공기로 부풀어 오른 바닥에 발이 뽀용뽀용 밀려 나가는 느낌. 그립다.

조금 힘을 주기만 해도 1미터는 쉽게 점프할 수 있었다.

"하하핫, 재밌네."

보니까 꼬맹이들도 지상에서는 체험할 수 없는 부유감을 즐기고 있었다.

"아, 아사카, 안경 조심해."

"네~"

"유우 오빠, 받아라! 라이더 킥."

마히루의 날카로운 킥이 내 엉덩이를 스쳤다.

"우오오, 위험해."

"칫, 빗나갔나."

"빗나갔나, 가 아니라고── 우왓."

이번에는 미야가 달려들었다.

"아하하하하."

어느샌가 에어돔 안에서 꼬맹이들과의 술래잡기가 시작되고 있었다.

＊

"유우 오빠, 화장실 가고 싶어."

"아, 저도."

미야와 아사카가 요의를 호소해서 경내 동쪽에 있는 화장실로 향했다. 마히루와 입구 옆에서 기다렸다.

"마히루는 화장실 괜찮아?"

"아직 괜찮아."

그때였다.

"어라? 아리츠키잖아."

"엉? 켁."

"여어."

"혼자야?"

"진짜다, 아리츠키다."

보니까 반 친구들 집단이 있었다.

"유우 오빠 친구야?"

마히루가 날 올려다봤다.

"유우 오빠?! 아하핫, 아리츠키, 너 그런 식으로 불리고 있냐."

"그보다 여동생 있었냐."

"귀여워~."

"몇 짤이에요~?"

낭패다. 같은 반 녀석들에게 이런 모습을 보일 줄은. 모르는 어른이 무서운지 마히루는 내 뒤로 숨었다.

"동생 아니야, 아는 애야."

"오늘은 볼일이 있어서 안 된다고 했는데, 그렇군, 애를 보느라 그랬나."

"힘들겠다~."

"유우 오빠라니, 그런 캐릭터 아니잖아."

"기껏 축제인데 아이 동반이라니, 불쌍하네."

"시끄러, 빨리 가."

"그럼~ 학교에서 또 보자."

"그래. 나 참."

쉬는 날에 학교 녀석들과 만나는 건 뭔가 당황스러워서 좋아하지 않는다.

마히루가 내 소매를 잡아당겼다.

"왜 그래?"

"유우 오빠, 혹시 친구랑 축제에 가고 싶었어?"

그 목소리는 마히루라는 생각이 안 들 정도로 가냘팠다.

"응?"

이 녀석은 갑자기 무슨 말을 하는 거야.

마히루는 고개를 숙이고 말했다.

"우리랑 같이 있으면, 폐가 돼?"

"하아, 바보야."

난 쪼그리고 앉아 마히루와 눈높이를 맞췄다.

"분명 저 녀석들이 날 불렀지만, 저 녀석들보다는 너희랑 축제에 가고 싶어서 일부러 거절했어."

"그런…… 거야?"

"당연하지."

"정말?"

"그럼 물어보겠는데, 난 지금 누구랑 축제에 와있지?"

마히루는 얼굴을 들었다.

"……헤헤, 우리다."

"그렇지?"

마히루의 머리를 쓰다듬자 평소의 웃는 얼굴이 돌아왔다.

미야와 아사카가 화장실에서 나왔다.

"자~, 이제 휴식은 30분밖에 없어. 잽싸게 돌자."

"응."

"그래."

"네."

건방진 꼬맹이가 좋아?

1

"그래서 말이야, 우리 애가 처음으로 여자애를 데려왔는데 애가 또 눈이 번쩍 뜨일 만한 미인이라서."

'어머 그렇구나'라며 사야카는 고개를 끄덕였다.

"그런 나이대인 걸까. '엄마는 거실에서 나오지 마'라고 하면서 차랑 과자도 자기가 살금살금 방으로 가져가는 거야. 평소엔 하나부터 열까지 나한테 가져다 달라고 하면서."

"부끄러워할 거면 안 데려오면 될 텐데 정말."

단골 아주머니가 아이스커피의 얼음을 달그락달그락 돌리면서 계속 말했다.

"그치만 모처럼 아들이 여자 친구를 데려왔으니까 인사 정도는 제대로 하고 싶잖아? 그래서 방에 가봤더니 키스하기 직전이었다니까."

"어머나, 중학생인데 빠르네."

"얼마 전까지 야한 책을 몰래 숨기고 읽나 싶었는데, 눈 깜짝할 사이에 거기까지 가다니, 참 빨리 크는구나. 그래서 입술이랑 입술 사이가 1밀리 2밀리 정도 거리밖에 안 됐어. 난 정말 깜짝 놀라서."

"벌써 거기까지 갔어?!"

"이 나이에 할머니가 돼버리면 어떡하지. 우후후후후."

"아하핫, 싫다 참."

"그건 그렇고, 유우 군은 그런 상대 없어?"

"유우? 걔는 전혀 없어. 여자 친구 같은 건 생긴 적 없을걸."

"그래? 얼굴 꽤 귀여운데."

"그런가."

"요즘 시대에 희한하네. 고3이지?"

"……그렇네."

사야카는 생각했다.

확실히 희한하다. 그렇다기보다는 이상한 것일지도 모른다.

한창 때인 고등학생이 여자 친구가 한 명도 안 생기다니, 그런 일이 있을 수 있을까. 빠른 아이는 중학생 때부터 교제하는 상대가 있는 시대인데.

부모의 호의적인 시선을 빼더라도 유우의 용모는 평균 이상은 된다고 생각하고, 학교에서의 인간관계도 양호할 것이다. 천성이 어두운 성격도 아니고 여자아이와 대화를 하는 것에 익숙하지 않은 것도 아니다. 가게 일을 도와줄 때는 젊은 여자 손님과도 아무렇지 않게 커뮤니케이션을 한다.

그런데도 여자 친구가 한 명도 생긴 적이 없다…….

"왜 그래?"

"아, 아니…… 아무것도 아니야."

"그래도 동급생이라 다행이야. 만약에 초등학생 여자 친구를 데리고 오면 바로 가족회의를 열었을 거야."

"아하하, 그렇네."

사야카의 뇌리에 불온한 상상이 스쳐 지나갔다.

어쩌면 아들은 로리콘이 아닐까.

사춘기인데 여자가 있는 것 같은 느낌은 안 들고, 여자 친구를 만들지 않으니 그렇다고 생각할 수밖에 없지 않을까.

사야카는 천장을 올려다봤다.

오늘도 미야, 마히루, 아사카 셋이 놀러 왔었다. 잘 생각해보면 그 셋과 있을 때 유우는 진심으로 즐거워한다. 유우는 외동이니까 동생 같은 존재를 귀여워하고 있을 뿐일 것이라고 생각하고 있었다.

지금까지는.

유우가 로리콘일지도 모른다는 인식을 가지고 과거를 돌이켜

보면 이래저래 납득되는 상황이 있다.

　아이들 쪽에서 스킨십을 하고 있지만 본인은 그걸 싫어하지 않는다. 특히 아사카는 항상 안겨 있다.

　아이들을 수영장에 데려가는 걸 승낙한 건 여자아이가 수영복을 입은 모습을 보고 싶었기 때문이고, 운동회에 얼굴을 비춘 건 체육복을 입은 모습을 보고 싶었기 때문?

　여름 방학 때는 아이에게 개목걸이와 강아지귀를 달아서, 어찌 보면 변태 플레이 같은 짓을 하고 있었고…….

　"헉!"

　그러고 보니 태풍이 온 밤에 겐도지가에서 잔 적이 있었는데, 혹시 그건 초등학교 1학년 여자아이와 함께 밤을 보내기 위해서 휴대전화를 잊어버리고 가지러 가는 자작극……?

　얼마 전의 가을 축제도 친구가 아니라 아이들과 같이 갔던 것 같고…….

　"왜 그래?"

　"아, 아니, 아무것도 아니야."

　이건, 확인해야만 한다.

　휴식 시간이 되어서 사야카는 2층으로 올라갔다. 유우의 방에서 꺅꺅 하는 소리가 들려왔다.

　베란다로 나와서 유우 방의 창문으로 살며시 접근했다.

　안의 상황을 살짝 살펴보니 유우는 아이들과 텔레비전을 보고 있었다. 유우는 양반다리로 앉아 있었고 그 위에 마히루가 앉은 상태였다. 그리고 유우를 사이에 두는 형태로 미야와 아사카가.

평범한 어른이라면 아이가 저런 식으로 과도하게 찰싹 달라붙어 있으면 귀찮다고 느끼겠지만, 로리콘이라면 분명 지극히 행복한 상태일 것이다.

유우의 모습을 관찰했다.

"으……."

시종일관 웃고 있다. 잘 보니 유우의 손은 마히루의 배 근처에서 깍지를 끼고 있었다. 저건 몰래 여자아이의 하복부를 만지려고 하는 건가……?

역시…… 그런 거야?

자신의 아들이 어떤 성벽을 가지고 있어도 사랑할 수 있지만, 아이에게 손대면 범죄다.

"……아니."

아직 판단을 내리기엔 이르다. 결정적인 증거가 아직 없다.

"슬슬 밖에서 놀자."

마히루가 일어서서 기지개를 쭉 폈다. 유우의 눈이 있는 위치에 마히루의 엉덩이가 위치하게 됐다.

"유우 오빠, 가요."

아사카가 유우의 손을 잡았다.

"그래, 잠깐만 기다려."

"잠깐 화장실에 갔다 올 거니까."

화장실?

"헉!"

설마 지금 여자아이의 온기를 잊지 않은 채로…….

좋지 않은 상상이 떠올랐지만 그건 기우에 그쳤다. 유우는 겨우 십몇 초 만에 화장실에서 나왔기 때문이다.

사야카는 휴우 하고 숨을 내쉬었다.

"좋아 좋아, 갔네."

네 명이 밖으로 나가는 걸 베란다에서 확인하고 사야카는 유우의 방에 들어갔다.

"자."

사야카는 먼저 침대 아래에 있는 수납 케이스를 끄집어냈다.

그때 침대와 벽의 경계에서 뭔가가 떨어지는 소리가 났다. 원래 그 틈에 뭔가가 끼어있었는데 지금 케이스를 끄집어내서 떨어졌을 것이다.

"뭘까."

확인해보니, 그건 초등학교 저학년 여자아이를 대상으로 나온 잡지였다.

"얘는 이런 걸."

여자아이를 너무 좋아한 나머지 이런 잡지까지 애독하게 돼버린 걸까.

"응? 뭐야, 미야 건가."

잘 보니 뒤표지에 매직으로 '하루야마 미야'라고 적혀있었다. 아마 미야가 가져와서 침대에서 읽었을 것이다. 그리고 떠들며 놀 때 벽과 침대 틈에 떨어져 버렸다거나, 그렇게 된 건가.

"아~, 깜짝 놀랐네."

자, 그럼 다시 진짜 목적인 케이스 수색에 착수하자.

안에는 겨울옷이 들어있다. 그걸 헤쳐내고…….

"아, 역시 여기다."

빙고.

전에 방에 들어왔을 때, 어째서인지 이 케이스가 밖으로 살짝 삐져나와 있었다. 겨울옷은 아직 꺼낼 때가 아닐 텐데. 그리고 그때 유우는 당황한 것처럼 보이기도 했다.

데이팅 광고가 한 면을 덕지덕지 채운 야한 책의 뒤표지가 모습을 드러냈다. 남자애니까 이런 건 몰래 가지고 있을 수밖에 없다. 문제는 그 내용이다.

만약 그 내용이 로리콘 대상이면…….

사야카는 떨리는 손으로 야한 책 세트를 꺼냈다.

괜찮다.

아들을 믿는다…….

그리고 야한 책을 앞면으로 돌렸다.

2

"하아, 다녀왔습니다."

"어서 와~."

어머니가 부엌에서 소리쳤다.

오늘도 역시 지쳤어.

미야 녀석, 눈을 뗀 틈에 블록 담장을 타고 올라가서 못 내려오고 말이야. 고양이인가.

"아, 유우. 슬슬 추워지니까 겨울옷 꺼내둬."

"응, 어어."

"네가 안 하면 내가 꺼내놓는다."

"알아서 할게."

난 재빠르게 방으로 돌아가 겨울옷이 든 케이스를 끄집어냈다.

이 안에는 내 비장의 야한 책 컬렉션이 봉인되어 있어서 내가 해야만 한다. 게다가 다른 보관 장소로 옮기는 작업도 동시에 해야만 한다.

"응? 어라? 앞면으로 해뒀었나?"

전에 봤을 때 표지를 위로 오게 해뒀나. 기억은 잘 안 나지만, 뭐 상관없나.

난 야한 책을 꺼냈다.

후후훗, 엄선에 엄선을 거쳐 적은 용돈으로 손에 넣은 주옥같은 물건들이다.

'폭유천국'

'거유 미소녀 교복 스페셜'

'사나운 가슴 DVD 포함'

'가슴 찾아 삼만리'

자, 어디에 넣어둘까.

꼬맹이들의 눈에 띄지 않는 곳이 최우선 사항이다. 옷장 안쪽의 선반 뒤에라도 넣어둘까.

*

결국 그냥 아이를 좋아하는 걸까.

사야카는 눈을 아련하게 떴다. 아들은 로리콘은 아니었지만 가슴 성인이었다.

"뭐, 남자애로서는 그쪽이 건전하지만."

야한 책에 나오는 거유는 현실엔 좀처럼 없다고 꿈꾸는 아들에게 가르쳐주고 싶다.

가슴에 대한 이상이 너무 높아서 여자 친구가 안 생기는 것이라고 사야카는 결론지었다.

1

"후지산을 보면서 다 같이 야키소바를 볶고."

언니는 휘적휘적 뒤집개로 야키소바를 볶는 제스처를 취했다.

"흐~음."

"별이 가득한 하늘 아래에서 마시는 커피가 참 맛있었지."

이번에는 황홀한 표정으로 커피 마시는 척을 했다.

"아 그러셔."

"흐흥, 그리고 마지막에는 바비큐를 구워 먹었어."

언니는 허리에 손을 대고 가슴을 젖혔다.

"좋았겠네."

"아~, 재밌었어."

언니는 쿠션을 안으면서 기쁜 표정을 지었다. 저녁 무렵에 캠핑에서 돌아온 언니는 인생 첫 캠핑이 어지간히 재밌었는지 자랑만 했다.

저녁을 먹을 때도, 같이 목욕을 할 때도, 텔레비전을 보고 있을 때도 잘난 척을 했다. 더운 것도 추운 것도 싫어하는 실내파인 주제에.

똑똑히 말해서 엄청 짜증 난다.

"아~, 재밌었어. 뭐? 얼마나 재밌었는지 듣고 싶어? 어쩔 수 없네. 우선 텐트를 치는데, 이게 또 힘들거든——."

"큭……."

난 소파에서 일어나 부엌에서 설거지를 하고 있는 엄마에게 갔다.

"있잖아, 마마, 나도 캠핑 가고 싶어."

"캠핑? 음~, 캠핑이라."

"후지산을 보면서 바비큐 하고 싶어."

"후지산이라면 매일 질릴 만큼 보고 있잖아."

"그게 아니라! 어딘가에 가고 싶어~."

"얼마 전에 후지큐 하이랜드에 갔다 온 지 얼마 안 됐잖아."

"끄으응."

난 2층으로 올라가 아빠의 방에 뛰어들었다.

"파파, 바비큐 하고 싶어."

"갑자기 뭐야."

"나도 후지산을 보면서 바비큐 하고 별이 뜬 하늘 아래에서 커피 마시고 싶어!"

"미야 때문이구나? 그럼 잠깐 밤 드라이브라도 갈래?"

"그건 싫어."

"에?"

파파의 차는 전부 시끄럽고 흔들리고 승차감이 최악인걸.

"그런 게 아니라. 어딘가에 놀러 가고 싶어."

"후지큐 갔다 온 지 얼마 안 됐잖아."

"으."

"그럼 오봉 연휴 때 디ㅇ니씨라도 갈까."

"……음~"

그런 게 아니란 말이지. 좀 더 뭐랄까, 와일드한 걸 하고 싶달까, 자연을 만끽하고 싶달까. 뭐, 디○니에 갈 수 있다면, 그건 그거대로 좋을지도.

거실에 돌아가니 언니가 텔레비전을 보면서 히죽거리고 있었다.

평소에는 안 보는 아웃도어 특집 방송. 캠핑장에서 촬영을 하고 있는 영상이 나왔다.

"그래 맞아, 이런 느낌으로 별이 가득한 하늘 아래에서 후지산이 어렴풋이 까맣게 보이고. 아침에 일어나면 상쾌한 햇볕이 눈에 스며들고…… 하아."

언니는 이쪽을 살짝 보고 말했다.

"뭐, 이것만큼은 체험해본 적이 없으면 모르겠지."

"별이 뜬 하늘 같은 건 여기서도 그냥 볼 수 있거든."

난 창문을 열었다. 아름다운 밤하늘이 펼쳐져 있었다.

"아~ 그러면 안 되지. 마을 안에서 봐도 인공적인 빛의 방해를 받으니까 진정한 밤하늘의 아름다움은 알 수 없는 법이야. 하아, 이래서 요즘 애들은."

……짜증 나.

다음 날 아침. 라디오 체조가 끝나고 우린 공원에서 잡담을 했다.

"그래서 말이야, 언니가 계속 캠핑 갔다 왔다고 자랑만 해서."

"맛있겠다, 캠핑."

메이는 배에 손을 댔다.

"무슨 소릴 하는 거야, 메이."

"유우 씨가 같이 갔었댔지?"

타츠키가 농구공을 땅에 튕기면서 말했다.

"그래 맞아. 역시 여름이라서 할 수 있는 이벤트를 했으면 좋겠단 말이지."

"아~, 맞아. 나도 아웃도어 같은 거 하고 싶어."

타츠키는 그 자리에서 레그스루를 시작했다. 타츠키의 가는 다리 사이에서 공이 모래 먼지를 피우면서 춤췄다.

"얼마 전에 있지~, 저기 있는 세계유산 센터에 갔는데 진짜 후지산에 올라보고 싶어졌는걸."

"아~, 후지산도 좋네. 나 후지산 오른 적 없어."

난 북쪽을 힐끗 봤다.

당당하게 우뚝 솟은 후지산.

학교에 갈 때, 놀러 갈 때, 문득 창문을 볼 때, 항상 시야에 들어와 있는 일본 제일의 산이지만 오른 적은 한 번도 없다.

그래!

후지산 정상까지 오르면 언니한테 이길 수 있다.

"다음에 다 같이 가볼래? 클라이밍 마운트 후지!"

"좋네. 파파랑 마마한테 부탁해보자."

"기념품 가져와 줘."

"메이, 너도 가는 거야."

"에에, 난 후지산은 오른 적 없어. 그렇게 큰 건 무리인걸."

"무슨 소릴 하는 거야. 나도 없어. 잘 들어, 인생은 도전의 연속이야."

"그치만 조난당해서 죽을지도 모르는데?"

"괜찮아, 우리 엄마는 정상까지 오른 적 있다고 했으니까."

타츠키가 엄지를 세웠다.

"흐에에. 내가 할 수 있을까."

"할 수 있어."

"아, 왔다."

메이가 공원 입구를 가리켰다.

"늦었잖아, 유우 씨."

"늦어서 미안. 오늘은 준비가 좀 길어져서."

"그건 그렇고, 언니들이랑 캠핑 갔었지?"

"어어, 그저께랑 어제로 이틀 동안."

"흐~음, 재밌었어?"

"그야 재밌었는데…… 어? 왜, 왜 그래?"

"아니 그냥. 할까."

우린 농구를 시작했다.

"아, 그렇지."

유우 씨는 드리블을 하면서 말했다.

"뭐야?"

"내일부터 당분간 아침 농구에 못 올지도 몰라."

"왜."

그리고 날렵하게 나를 제치고 레이업 슛을 넣었다.

"그, 오봉 연휴라서 친척네 집에 모이게 돼서. 가게도 쉴 거야."

"흠~, 알았어. 그럼 오늘은 더 열심히 놀아볼까."

난 공을 주워서 땅에 튕겼다.

*

타츠키는 집으로 돌아와 히카리의 팔에 매달렸다.

"있잖아 마마, 후지산 오르고 싶어."

"갑자기 왜 그래? 지금 물 끓이고 있으니까 위험해."

타츠키는 마지못해 히카리에게서 떨어졌다.

"전에 세계유산 센터에 갔잖아? 왠지 진짜 산에 올라보고 싶어졌어."

후지산 세계유산 센터 안에는 후지산 등산을 유사하게 체험할 수 있는 슬로프형 설비가 있다. 하지만 그건 어디까지나 유사 체험 수준이며 진짜에는 한참 못 미친다.

"후지산 말이지."

"엄마 옛날에 정상까지 오른 적 있다고 했잖아. 미소라랑 메이도 같이 가고 싶다고 했으니까 데려가 줘."

"그때는 엄마가 젊었으니까……."

"아직 20대잖아?"

"음~."

아직이 아니라 벌써 20대다. 거의 서른이다. 아줌마에 한 발 걸치고 있다.

"……음~, 하루야마 씨랑 카와라사키 씨하고도 얘기해봐야
해."

"여름 방학이니까 평소에 할 수 없는 걸 하고 싶어~"

"음~."

"괜찮잖아~, 응? 응?"

"음~."

"엄마~."

"음~."

히카리는 미적지근한 대답을 하면서 점심으로 먹을 소면을 삶
기 시작했다.

"응? 타츠키, 아이스크림 먹었어?"

쓰레기통에 아이스크림 포장지가 버려져 있었다.

"점심 먹기 전인데!"

"아~, 그거 유우 씨가 농구하고 집에 가는 길에 사줬어~."

"아리츠키가? 고맙다고 제대로 인사했어?"

"했어~."

나중에 고맙다고 전화를 해야겠다고 생각했을 때 타이머가 울
렸다.

2

완만하게 뻗은 국도 139호선을 똑바로 나아갔다. 푸르른 나
무들이 길 좌우로 줄지어 있고 강한 햇볕이 구석구석 쏟아졌다.

하늘은 짙은 파란색이고 후지산 중턱에 넓적한 구름이 걸려있었다.

앞에서 달리는 아버지의 수프라는 대형 맹수의 포효 같은 배기음을 내고 있었다. 오랜만에 차를 몰 수 있어서 기쁠 것이다.

가게가 연일 눈코 뜰 새 없이 바쁜 데다 후지산 스카이라인이 자가용 규제 기간에 들어가서 좀처럼 차를 몰 수 있는 기회가 없다나.

오봉 연휴에 들어가 〈문 나이트 테라스〉도 며칠 동안 휴업하게 되었다.

회사를 다니던 때는 장기 연휴라는 개념 같은 건 없었고, 오히려 세상이 휴식에 들어가는 시기——골든 위크나 오봉 등——는 성수기라서 매년 이 시기에는 이른 아침부터 늦은 밤까지 땀으로 얼룩을 만들며 일했었지.

그 시절의 처절한 나날을 생각해보면 지금의 평온한 일상이 거짓말처럼 느껴진다. 그래, 마치 꿈을 꾸고 있는 것 같은…….

정오를 알리는 소리가 거리에 울려 퍼졌다. 후지산 세계유산의 거리라서 몇 년인가 전에 보통 종소리에서 '후지산'이라는 동요의 멜로디로 변경되었다고 한다.

귀향한 지 몇 달이 지났지만 그다지 적응이 안 된다. 아사카가 느끼는 변화에 대한 공포가 조금 이해되는 것 같았다.

그리고 십 몇 분 정도 계속 달려 우리는 토가미가에 도착했다.

아버지의 수프라 옆에 시빅을 댔다. 낯선 차 몇 대가 서 있는 걸 보니, 이미 다른 친척들도 하나 둘 모인 듯했다.

왠지 어색하다.

대부분의 친척과는 10년 이상이나 만나지 못했으니까. 생각해보니 마지막으로 이 집에 친척들이 모인 건 고등학교 3학년 설때였나.

"자 유우, 가자. 뭘 멍하니 있는 거야."

"어, 어어."

어머니의 재촉을 받아 무거운 다리를 질질 끌며 저택 안으로 들어갔다.

'실례합니다~'라며 어머니가 쩌렁쩌렁한 목소리로 말했다.

"어서 와."

어머니는 여전히 고향 집에선 기운이 넘치네. 할머니가 마중을 나왔고, 큰 방으로 안내를 받았다. 이미 몇 명의 친척들이 모여서 할아버지를 필두로 대낮부터 술을 마시고 있었다.

"오, 유우잖아."

"아, 안녕하세요."

"어머, 유우잖아."

"오랜만이에요."

"야, 몇 년 만이냐. 여기 앉아라."

"멋진 남자가 됐네."

"아하하."

예상대로 난 친척들의 주목을 받았다. 10년 동안 한 번도 얼굴을 보이지 않았으니 관심을 받는 건 당연하다면 당연하지만.

방에는 유우히의 모습도 있었다.

긴 금색 머리카락을 포니테일로 묶고 검은 민소매 블라우스와 하얀 반바지를 입고 있었다.

그녀는 내 옆에 와서 나지막이 한마디.

"뭐야, 변태도 왔네."

"잠깐, 유우히."

갑자기 무슨 소릴 하는 거냐. 설마 옷 갈아입는 모습을 본 것을 아직 화내고 있는 걸까. 유우히는 얼음이 든 오렌지주스를 마시면서 가만히 나를 봤다.

"또 유우히한테 성희롱하면 그때야말로 용서 안 할 거야."

그녀는 그렇게 말하고 원래 있던 자리로 돌아갔다.

"그러니까 그건 오해라니깐……."

그렇게 변명을 하려고 하는데 옆에서 손을 잡아끌렸다.

"어이, 유우."

얼굴이 빨개진 작은할아버지다. 작은할아버지에게 이끌려 나도 자리에 앉았다.

"자, 우선은 지각했으니 세 잔이다."

그렇게 말하고 작은할아버지가 캔맥주 세 개를 내 앞에 뒀다. 아니, 이건 힘들지.

"아니, 이렇게 마시는 건 어려운데."

"필요 없으면 내가 마실게."

어머니가 옆에서 캔맥주들을 채가서 연이어 빈 캔을 양산했다.

"크하~, 더운 날엔 역시 맥주지!"

"잘한다, 토가미의 술 공주님."

"잘 마시네."

"실화냐."

저런 짓은 도저히 할 수 없다. 난 캔맥주를 홀짝이기 시작했다.

화제는 필연적으로 나의 공백의 10년으로 향했다. 귀성하지 않았던 이유와 도쿄에서의 어두운 나날에 대해 심각하게 이야기했지만 알코올이 들어간 사람들에겐 술안주로 변환되는 모양이다.

"그래서 바쁜 날에는 같은 날의 첫차랑 막차를 타기도 하고……."

"아하핫."

"출퇴근 시간을 조금이라도 줄이려고 회사 바로 근처의 공동주택으로 이사했더니 상사의 창고가 되고……."

"아하핫."

내 장기인 기가 막히는 블랙 유머도 그들에겐 통하지 않았다.

"실례합니다~, 아! 유우."

"아, 오랜만이에요."

시간이 지남에 따라서 친척들이 도착했고, 술자리 참가자는 계속해서 많아졌다.

그리고 친척이 늘어날 때마다 내가 10년 동안 돌아오지 못했던 이유를 처음부터 다시 설명해야만 하는 게 좀 귀찮았다.

"좀 더 빨리 돌아왔으면 좋았을 텐데."

"그게, 조금만 더 힘내자, 조금만 더 힘내자가 쌓여서요."

그중에는 내가 모르는 사람——사촌의 반려자 등——도 있어서 10년이라는 세월이 가져오는 인간관계의 변화를 실감하게 되었다. 특히 도쿄에 있는 사이에 태어난 아이는 날 알 리가 없었고……

"아저씨, 누구야?"

"침입자인가?"

"그거다, 유우 누나의 남친 아냐?"

"그런 것 치고는 너무 아저씨잖아."

이 유치원생부터 초등학교 저학년 정도의 아이들은 사촌들의 아이인 것 같다. 다들 벌써 아이가 있구나.

"난 아리츠키 유우야."

자기소개를 해봤지만 아이들 입장에서 보면 처음 만나는 사람인 데다가 아저씨다. 금방 나에 대한 흥미를 잃고 아이들끼리 다른 방으로 가버렸다.

저녁 무렵, 마지막 한 팀이 왔다. 토가미 켄지로와 그 아내 알리시아. 유우히의 부모님이다.

"이야아 죽겠네 죽겠어. 아키타에서 아침 일찍 나왔는데 벌써 저녁이야."

켄지로 씨는 피로가 쌓인 얼굴로 말했다. 옛날과 비교하면 머리숱이 줄고 배도 나왔다.

"역시 신칸센으로 올걸 그랬어."

알리시아 씨가 무거운 숨을 내쉬었다. 딸과 똑같은 금색의 긴 머리카락에 딸과는 대조적으로 굴곡이 두드러지는 몸. 이쪽은 10년이 지나 매력이 한층 더 커진 것처럼 느껴졌다.

"어라? 이거 이거 이거, 유우 아니야?"

"오랜만이네, 10년 만인가."

"하하, 안녕하세요."

오늘 몇 번째인지도 알 수 없는 대응에 난 완전히 익숙해져 있었다. 자동화된 작업을 하듯이 10년 동안 귀성하지 못한 이유와 올해 3월에 돌아온 걸 설명했다.

"자, 마지막 두 사람은 지각주 다섯 잔이다!"

어머니가 술기운이 섞인 목소리를 높이며 켄지로 씨와 알리시아 씨에게 치근거렸다. 모두 모여서 저녁을 먹게 되었다. 식탁 위에 호화로운 식사가 죽 차려졌다.

"자, 여보 일어나요."

"으, 으응."

어머니가 취해서 정신을 잃은 아버지를 깨웠다.

난 일찌감치 차로 바꿔 마셔서 술도 완전히 깼다. 스시를 집어 먹으면서 따뜻한 녹차를 마셨다.

"그러고 보니, 유우히는 왜 시즈오카에 있는 고등학교에 다니는 거야?"

옆에 앉아있던 할머니에게 물었다.

전에 왔을 때 궁금하긴 했지만 물어보지 못했다. 부모님인 켄지로 씨는 아키타현에 거주하니 전근으로 후지노미야에 돌아온 건 아닌 것 같다.

멀리 떨어진 지역의 학교에 진학한다면 입시 명문 학교나 스포츠 추천이라는 간단한 이유가 떠오르지만, 공교롭게도 키타고는 평범한 공립 고등학교다. 굳이 아키타에서 나올 이유는 생각나지 않았다.

할머니는 난처해하는 표정으로 말했다.

"글쎄다, 우리도 잘 모르겠는데 유우히가 꼭 미야키타에 다니고 싶다면서 투덜거렸디야. 그 왜, 쟈는 옛날부터 지가 하고 싶은 건 죽어도 하는 애였잖여?"

"뭐 그렇지."

듣고 보니, 어렸던 유우히가 떼를 쓰는 걸 몇 번이나 들어줬던가. 그런데 왜 그렇게 키타고를 고집한 걸까.

여자애 특유의 '교복이 예뻐서 이론'인가?

아니, 키타고의 교복은 딱히 특별하게 예쁜 것도 아닌데…….

으~음, 알 수 없군.

본인은 아이들 사이에 섞여서 식사를 하고 있다.

"유우 누나, 간장 줘."

"자. 아, 그건 와사비가 든 거야."

"캬아아아아아."

"내가 말했잖아."

아이들을 잘 돌보고 있네. 그 제멋대로에 어렸던 아이가 지금은 누나 노릇을 똑바로 하고 있다니, 눈시울이 뜨거워지네.

"어~이, 유우, 유우히, 잠깐 와봐."

할아버지에게 불려서 우리는 각자 자리에서 일어섰다.

"자자 나란히 앉아. 사촌 사이잖아."

유우히와 나란히 앉았다. 금색으로 반짝이는 머리카락에서 달달한 향기가 살살 풍겨 왔다.

"이 조합, 그립잖아."

작은할아버지가 말했다.

"미안하지만 유우히는 이 아저씨 기억 안 나."

"옛날엔 딱 달라붙어서 놀았어."

술을 마셔 볼이 빨갛게 물든 알리시아 씨가 웃으면서 말했다.

"그러니까~, 유우히는——"

"아 그래, 그러고 보니 말이다, 유우히가 유우를 못 알아보고 경찰에 신고했대."

할아버지가 갑자기 소리쳤다.

"?!"

"?!"

나와 유우히는 동시에 몸을 움찔 떨었다.

"무슨 소리야."

"어떻게 된 거야?"

"경찰?"

친척들은 하나같이 호기심을 자극받은 것 같았다.

그 오해 사건. 그건 유우히에게도 나에게도 씁쓸한 기억이니 그다지 언급하지 않았으면 하는데.

"자세히는 모르겠는데 유우를 수상한 사람으로 착각해서 말이다, 실제로 경찰이, 이봐, 할멈."

"네~."

할아버지의 요청을 받아 그 자리에 있던 할머니가 자세한 이야기를 했다.

"그게 뭐야."

"아하하핫."

"정말이야? 유우히."

"어, 어쩔 수 없잖아. 이 아저씨가 갑자기 유우히의 방에 들어왔으니까——."

"아, 아니, 나도 설마 유우히가 여기서 살고 있을 줄은 몰라서——."

우린 서로 자신의 정당성을 주장했지만 주정뱅이들은 듣는 건지 마는 건지.

"젊네."

"싸울 정도로 사이가 좋다고 하잖아."

"아무리 귀엽다고 해도 유우히한테 손대면 안 된다."

"손댈 리가 없잖아."

"유우히도 무리거든."

"또 그런다."

"잘 어울린다고."

"사촌끼리는 결혼할 수 있는데?"

그 후, 다른 화제로 넘어갈 때까지 나와 유우히는 계속 놀림받았다.

*

"정말이지."

우리 집안엔 왜 이렇게 술버릇이 안 좋은 어른밖에 없는 걸까.

"유우히, 다시, 그…… 미안해."

아저씨가 안쓰럽게 사과했다.

"흥, 딱히 상관없어. 유우히는 착하니까 지나간 일은 신경 안 써."

사실은 약간 신경 쓰고 있지만 아저씨에게도 정상 참작의 여지는 있으니까 이번엔 유우히가 물러나 줄까. 유우히는 왜 이렇게 착한 걸까.

"그건 다행이네."

"……그보다, 이번 일로 착각하지 마."

"어?"

"유우히를 그런 눈으로 보지 마."

유우히의 귀여움은 자타공인 레벨이다. 원래라면 시원찮은 아저씨가 엮이는 일은 있을 수 없다. 아무리 친척이라는 접점이 있다고 해도 가능성을 느끼면 곤란하다.

아저씨는 어째서인지 딱 한순간 시선을 내리고, '문제없어'라며 엄지를 세웠다.

알고 있으면 됐다.

"흠~. 그럼 유우히는 목욕하고 올 거야."

목욕을 빨리 해두지 않으면 여러 친척들과 순서 싸움을 하게 된다.

스마트폰을 들고 욕실로 향했다.

오늘은 피로가 확 몰려왔다.

아빠와 엄마를 볼 수 있는 건 좋지만, 취한 사람을 상대하는 건 정말 힘들다. 반만 닫아둔 욕조의 덮개에 지퍼백에 넣은 스마트폰을 놓았다.

머리와 몸을 씻고 오른발부터 넣고 욕조에 몸을 담갔다.

"후우."

정말이지, 달리 말할 수도 있을 텐데 결혼이라니?

있을 수 없는 일이다.

그 아저씨랑 결혼이라니 말 같지 않은 소리다.

스마트폰을 들고 대기 화면을 멍하니 바라봤다.

자연스럽게 마음이 따뜻해진다.

흑발의 단발 미소녀와 갈색 머리카락의 미소녀가 손을 잡고 있는 사진이다.

"하아…… 마히미야 최고야."

처음 그녀들을 본 건 중학교 3학년의 여름 방학 때였다. 할머니와 할아버지의 집에 귀성해서 친척이 운영하는 찻집에 놀러 갔을 때의 일이다.

벽가의 자리에서 만화책을 읽으면서 꾸벅꾸벅 졸고 있던 유우히는 종소리에 반응해서 반사적으로 입구로 시선을 돌렸다.

그 순간, 망치로 뒤통수를 맞은 듯한 예리한 충격이 일었고, 유우히는 단숨에 졸음이 날아갔다. 아니, 딱히 아프다는 뜻이 아니라 충격의 정도 이야기거든.

"……."

거기에 두 명의 미소녀가 있었다.

"아줌마, 콜라요."

"전 아이스커피로."

"네네~."

한 명은 키가 큰 흑발 보이시 미소녀였고 가슴이 엄청 컸다. 또 한 명은 청초한 느낌의 갈색 머리 미소녀였고 이쪽도 가슴이 컸다.

둘은 손을 잡고 카운터석으로 갔다.

연예인? 아니면 모델?

두 사람이 발산하는 오라가 압도적이라서 유우히는 순식간에 마음을 빼앗기고 말았다. 그 귀여움은 물론이고, 두 사람의 친밀한 모습에 유우히는 가슴의 두근거림을 억누를 수 없었다.

둘은 사귀고 있을까. 그냥 친구라기에는 거리감이 좀 가깝다는 느낌이 들었다.

가게에 들어왔을 때도 손을 잡고 있었고, 아까 마실 것을 나눠 먹기도 했고……

백합 센서에 느낌이 왔다.

저 둘의 표정은 그냥 친구 사이가 아니다. 더욱 친밀하고 강한 인연으로 이어져 있다고 추측했다.

이건 어쩌면, 그런 것일지도 모른다.

"마히루, 내일 부활동이었지?"

"맞아 맞아. 하지만 오전에만 하니까――."

여기의 단골인 걸까.

아리츠키 삼촌과 고모와도 사이가 좋은 것 같다. 둘이 돌아간 후에 유우히는 고모에게 물어봤다.

"저 둘? 미야랑 마히루야. 옛날부터 우리 가게에 와주고 있어."

"고등학생이야?"

"맞아. 키타고야. 위쪽에 있는 큰 학교."

"몇 학년?"

"둘 다 1학년이야."

유우히보다 한 살 위인가.

그렇다는 건 내년에 유우히가 입학해도 아직 학교에 있어…….

"흐~음. 저 두 사람은 남자 친구 있어?"

유우히는 아무렇지 않은 척을 하며 물어봤다.

"남자 친구? 아니, 없을 건데…… 어? 왜 그런 걸 물어보는 거야?"

"아니, 그, 아무것도."

"……?"

저 정도의 미모를 지닌 현역 여고생에게 남자가 없을 리가 없다. 그야말로 먹을 것에 모여드는 개미처럼 남자가 몰릴 것이다. 그런데도 남자 친구를 만들지 않는다는 건…….

"유우히도 내년엔 고등학생이지?"

"응."

"가고 싶은 곳은 정했어?"

"……응, 지금 정했어."

"어?"

솔직히 지금 살고 있는 곳의 고등학교에 진학할 생각은 없었다.

상냥함이 괴롭기만 하니까…….

"……."

그리고 고등학교는 어딜 가든 똑같잖아. 딱히 살고 있는 지역의 고등학교에 다녀야만 한다는 법은 없다.

이렇게 난 지망 학교를 정했다.

*

"으으, 머리 아파."

"오엑…… 우엑."

"무, 무울."

오전 7시.

숙취에 시달리는 친척들이 주방 주변을 좀비처럼 배회했다. 어젯밤에는 늦은 밤까지 연회가 이어졌으니.

그리운 광경이다.

그런 와중에 어머니는 혼자만 쌩쌩해서 모두를 돌보면서 할머니와 아침밥을 하고 있었다.

난 정원을 산책하면서 막 일어난 몸을 깨웠다. 나도 술이 세진 않지만, 어젯밤의 연회에선 일찌감치 술을 조절해서 알코올은 전혀 안 남아있다.

역시 술은 적당히 즐기는 게 최고다.

"응~."

날씨가 좋다. 아침을 먹기 전에 드라이브라도 갔다 올까. 주차장 쪽으로 가니 현관에서 유우히가 나왔다.

검은 티셔츠에 청 반바지. 머리에는 검은 캡을 쓴 활동적인 복장이다.

"이야, 유우히, 안녕."

"뭐야, 유우네. 안녕."

유우히는 자연스럽게 내 이름을 편하게 불렀다. 옛날에도 그래서 신경 쓰이진 않지만.

"어디 나가?"

"응, 잠깐 편의점에."

그렇게 말하면서 옆에 세워둔 자전거에 걸터앉았다. 이런 휑뎅그렁한 고원에선 편의점에 가는 것도 '잠깐' 갔다 올만한 거리는 아닐 것이다. 마침 드라이브를 가려고 한 참이다.

"흐음, 그럼 데려다줄게."

"괜찮아, 미안하니까."

"괜찮아 괜찮아. 멀잖아?"

"음~."

유우히는 잠시 고민하는 표정을 보였지만, 금방 자전거의 스탠드를 세웠다.

"유우히는 멀미가 잘 나니까 안전운전 부탁할게."

"오케이~."

조수석에 유우히를 태우고 시빅을 몰았다.

*

그러고 보니 유우는 아리츠키가── 다시 말해서 〈문 나이트 테라스〉의 사람이지.

그렇다는 건, 미야 선배와 마히루 선배는 그 가게의 단골이니까 당연히 점원으로서 두 사람을 대할 일도 있다는 뜻이고…….

헉!

두 사람의 귀여움에 좋지 않은 감정을 품고 점원과 손님 이상의 사이가 되려고 할지도 몰라. 남자라는 존재는 여고생이 너무너무 좋아서 어쩌지 못하는 녀석들뿐이니까.

그렇게 귀여운 여고생과 접할 기회가 있으면 분명 누구든 가까워지려고 할 것이다.

유우히가 키타고에 입학한 이후에도 그 두 사람이 남자 친구를 만드는 일은 없었다. 그렇다기보다는 의도적으로 남자를 피하는 것처럼 보이기도 했다.

역시 그 둘은 그런 관계라고 생각한다.

그 둘에게 접근하는 남자는 용서하지 않을 것이다.

유우가 이상한 마음을 먹기 전에 못을 박아둬야 한다.

＊

유우히가 날 힐끗 봤다.

"유우는 말이야."

"응?"

"여자 친구 있어?"

"아, 아니, 없는데."

"역시."

역시라니 뭐야!

"알고 있을 거라 생각하지만, 유우는 이제 30대잖아?"

"뭐 그렇지."

"아저씨가 여고생을 건드리는 건 범죄거든."

"뭐?"

갑자기 무슨 소릴 하는 거냐.

혹시 지금 상황이 흑심을 드러낸 것으로 여겨졌나?

친척이라는 이유로 젊은 여자에게 접근하는 변태 아저씨처럼 여겨진 걸까. 이전의 엿보기 사건(오해)도 있으니, 나에게 그런 마음이 없더라도 유우히는 그렇게 느꼈을지도 모른다.

"아니, 그, 유우히, 딱히 그런 건——"

"특별히 유우히한테만 해당되는 이야기가 아니야. 예를 들자면, 여고생도 가게 손님으로 오지?"

"아~. 뭐, 오긴 오는데."

미야 일행을 필두로 〈문 나이트 테라스〉에는 학교를 마치고 오는 고등학생 손님도 많다.

"그런 애들을 건드리면 그때야말로 정말로 경찰 신세를 지게 되니까. 조심해야지."

"아아, 응."

여고생이 나 같은 아저씨를 연애 대상으로 삼을 것 같지도 않지만, 맞는 말이다. 물론 나에겐 손님으로 온 여고생을 꼬실 용기는 없으니 아마 괜찮을 거다.

이윽고 편의점에 도착했다. 난 캔커피를 사서 먼저 차에 돌아왔다.

"후우."

아까 유우히에게 들은 말이 어째서인지 머리에서 떠나지 않았다.

여고생에게 손대는 건 범죄, 라.

나도 그런 건 알고 있다고.

익숙한 커피가 유난히 씁쓸하게 느껴졌다.

3

"음~, 맛있어!"

목에서 탄산의 자극이 톡톡 터졌다. 블루 하와이 시럽을 탄 사이다에 셔벗 형태의 얼음을 붓고 가장자리에는 얇게 자른 레몬을 곁들였다. 시원하고 트로피컬한 음료다.

"오늘도 덥네~."

아사카가 손수건으로 목의 땀을 닦고 대답했다.

"그렇네. 30도는 족히 넘었어."

오전 11시.

나와 아사카는 겐도지가의 전망 테라스에 있었다. 유우 오빠는 친척집에서 하는 모임에 참석했고, 마히루도 쿠마모토에 있는 친척집──어머니의 고향집이라고 한다──에 내일까지 머문다고 한다.

맴~맴~ 하고 우는 매미의 대합창. 잔에 맺힌 물방울이 햇빛에 반짝이고 살랑살랑 부는 바람에는 여름의 활기가 넘쳐흘렀다.

다시금 높은 곳에서 마을을 내려다보니 이 주변은 산에 둘러싸여 있다고 느꼈다.

북쪽에 우뚝 솟은 건 일본 제일의 산. 동쪽에는 아시타카산이 있고 서쪽으로 이어지는 건 케나시산. 여기선 잘 안 보이지만 남쪽에는 이와모토산. 그 너머는 스루가만이다.

난 빨대를 물고 쭉 빨아들였다. 산뜻한 단맛이 입 안에 퍼졌다.

"후우. 왠지 올해 여름은 길다는 느낌이 드네~."

"그래?"

"왠지 체감상 반년 정도 여름을 보내고 있다는 느낌이 들어."

"미야, 과장이 심하잖아."

아사카는 쓴웃음을 지었다.

"아직 절반 정도잖아?"

"그렇지만. 장마가 일찍 끝나서 그런 걸까~?"

반년은 확실히 과장됐지만 뭐랄까, 평소보다 밀도가 상당히 높은 것 같은 느낌이 든다. 평소의 여름은 대개 마히루와 아사카와 같이 놀거나 하루 종일 책을 읽는 것으로 끝났다.

"그건 분명 유우 오빠가 있기 때문이지 않을까?"

"아, 그럴지도."

유우 오빠가 있다. 확실히 그것만으로도 아무렇지도 않은 일

역시 아사카가 텐트를 들여다봤을 때 들켰을지도 모르겠다.

"어어, 그러니까아."

이제 와서 속임수는 통하지 않을 것이다. 애초에 유우 오빠의 텐트에서 밤을 보냈다는 건 움직일 수 없는 사실이니까. 그렇다고 해서 이상한 오해를 사도 곤란한데…….

어떡하지.

"그, 있잖아 아사카. 나랑 유우 오빠는 딱히──."

"알고 있어. 잠이 덜 깨서 들어간 거지?"

"어?"

"밤중에 화장실에 간다고 일어났다가 돌아갈 텐트를 착각했을 뿐이지?"

"어? 보, 보고 있었어?"

"아니. 추리해봤을 뿐이야."

"추리?"

"맞았어?"

아사카는 싱긋 미소 지었다.

"으, 응."

"미야는 덜렁대는 면이 있으니까 그럴 거라 생각했어."

"근데 어떻게 안 거야?"

"그야 셋 중에서 마지막까지 깨있었던 건 나인걸. 미야가 푹자는 모습을 똑똑히 봤으니까."

"흐음."

"만약 미야랑 유우 오빠가 밤중에 몰래 만나서 꽁냥댔으면 미야는 반드시 우리 텐트에 돌아왔을 거야. 그야 나랑 마히루가 모르게 몰래 만나는데 둘이 같은 텐트에서 자버리면 몰래 만나는 의미가 없어지잖아?"

"……아아."

과연.

만약에 나와 유우 오빠가 둘의 눈을 피해 심야의 밀회를 계획했다고 치자. 그 밀회는 마히루와 아사카에게 **들키지 않는다**는 목적을 위해 이루어지는 것이니, 일이 끝나면 나와 유우 오빠는 각자의 텐트로 헤어져야만 한다.

만일 같은 텐트에서 취침해서 다음 날 아침에 둘 중 한 명에게 들키면 다 소용이 없기 때문이다.

즉, 나와 유우 오빠가 같은 텐트에서 깼다는 사실은 얄궂게도 우리의 무죄를 증명해준 것이다.

"어라? 그리고 보니 아사카는 왜 늦게까지 깨있었어?"

"……커피를 너무 마셔서 잘 수가 없었어."

"아, 그렇구나 그렇구나."

자기 전에 다 같이 커피를 마시면서 카드 게임을 했었지.

"그리고 미야, 그때 알람을 그대로 켜뒀었지."

다음 날 아침의 장수풍뎅이 채집을 위해 난 알람을 설정해뒀었다.

"그게 가장 큰 증거. 알람을 해제하지 않으면 나와 마히루를 깨울 리스크가 있고, 실제로 우린 그 알람 때문에 깼어. 그러면 미야가 없다는 걸 바로 알게 되지."

"으으."

"그리고 잠에서 잘 못 깨는 미야가 알람 없이 일어날 수 있을 리가 없으니까 해제되지 않은 알람과 미야가 없다는 상황은 위화감밖에 안 느껴졌는걸."

"아으."

"아마 알람이 울린 타이밍에 깨서 거기가 유우 오빠의 텐트라는 걸 깨달았다. 하지만 옆에 있던 나와 마히루가 깨버려서 나갈래야 나갈 수 없게 됐겠지."

추리를 마무리하듯이 아사카는 잔에 남아있던 사이다를 다 마셨다.

"어때?"

"……전부, 맞습니다."

그보다 너무 잘 맞아서 무서운데요!

추리소설의 탐정 역할을 맡을 수 있을 정도의 추리력이다. 역시 소꿉친구. 내 행동과 심리를 이렇게까지 잘 알아맞힐 줄이야.

"이야아, 나도 그때는 놀라서 어찌할 바를 몰랐어. 둘에게 들키면 이상한 오해를 받지 않을까 싶어서."

"이상한 오해?"

"그 왜, 일단은 여고생이랑 사회인이고, 캠핑장에는 우리 외에도 사람이 있었으니까……."

"그렇네. 그런 건 안 되지."

그때, 강한 바람이 불어서 아사카의 머리카락이 크게 흐트러

졌다. 아사카는 머리카락을 손으로 누르면서 일어났다. 아래에 펼쳐진 거리의 경치를 바라보면서,

"우리 사이니까 묵인되고 있지만, 일반적으로 여고생과 사회인이라는 조합은 사회적으로는 이단이라는 걸 의식해야지. 우린 더 이상 아이가 아니니까."

"그렇…… 지."

일단 난 18살이라 성인이지만, 아직 고등학생인 우리는 사회인인 유우 오빠와는 사회적인 입장이 전혀 다르다. 당사자들이 납득해도 사회가 그걸 받아들여 줄 것이라는 법은 없다. 지금의 유우 오빠가 옛날처럼 수많은 오해를 받으면 그때야말로 정말 체포당할지도 모른다.

아무리 우리가 옛날부터 알고 지낸 사이라 하더라도 그런 사정을 모르는 다른 사람이 보면 성인 남자가 여고생을 끼고 있는 것으로밖에 안 보일지도 모른다.

더는 보호자와 아이라는 관계는 아니니까…….

남자와 여자.

하지만 아직 어른과 아이.

"딱히 유우 오빠와 사이좋게 지내는 게 잘못됐다는 게 아니야."

아사카는 어쭙잖은 것을 흘어냈다, 그건 마치 한없이 먼 것이고 후회했다.

"나도 유우 오빠에겐 옛날처럼 어리광 부리고 싶지만, 사람들 앞에서 오해를 살만한 짓은 되도록 안 하는 편이 좋다는 거지. 유우 오빠의 사회적인 지위를 위해서라도."

"……그렇네, 알았어. 아, 마, 마히루한테 캠프 일은 비밀로 해줘. 부끄러우니까."

"알았어. 미야도 조심해. 미야가 또 덜렁거리면 다시 터무니없는 일이 일어날지도 모르니까."

"내가 그렇게 덜렁거리나?"

왠지 내가 덜렁댄다는 전제를 두고 대화가 이루어지는 게 납득이 안 됐다.

"어? 자각 없었어?"

실례잖아!

건방진 꼬맹이와 찐빵

1

"여러분, 손은 잘 씻었나요~."

'네~' 하는 아이들의 목소리가 겹쳐졌다.

"오늘은 여러분이 전에 열심히 캔 고구마를 써서 찐빵을 만들 거예요."

담임 선생님이 칠판에 조리 순서를 써나갔다.

머리에 두건을 두르고 앞치마를 한 아이들. 가정 교실에 처음 들어가서 모두 설레는 얼굴이었다.

"찐빵이래, 찐드기를 쓰는 걸까."

미야가 걱정스러운 표정으로 말했다.

'벌레는 먹을 수 있나?'라고 말하는 마히루.

"먹을 수 있는 벌레를 쓸 거야 분명. 나 옛날에 아빠가 귀뚜라미 먹는 걸 본 적 있는걸."

"귀뚜라미가 들어간 빵이라니. 왠지 싫─ㅅ라니네."

"미야, 그건 아마 메뚜기일 거야."

아사카가 지적했다.

"메뚜기가 들어간 빵이라."

오늘은 지난달에 수확한 고구마를 써서 찐빵을 만든다. 그렇다고는 해도 초등학교 1학년에게 부엌칼이나 가스레인지 등은 아직 위험하기 때문에 아이들이 주로 담당하는 것은 반죽 만들기와 마무리다.

"선생님~, 찐드기를 쓰나요?"

남자가 장난스럽게 소리쳤다.

"아니에요~. 찐빵이라는 건 진드기를 재료로 쓰는 빵이 아니라 쪄서 만드는 빵이에요."

"벌레가 빵을 만들어요~?"

"그럴 리가 없잖아요~!"

"미야 다행이네, 벌레는 안 쓴대."

"그 말 듣고 안심했어."

"유우 오빠는 벌레를 싫어하니까."

"나도 벌레는 괜찮지만 먹는 건 못 해."

안심하고 가슴을 쓸어내리는 꼬맹이들.

"그럼 조별로 모여서 재료를 가지러 와주세요."

"네~."

"네~."

"네~."

싱크대와 가스레인지가 같이 설치된 직사각형 조리대 위에 찐빵의 재료와 조리기구가 나열되어 갔다. 계란, 설탕, 우유, 박력분, 베이킹파우더, 식용유에 주역인 고구마. 고구마는 수업을 시작하기 전에 담임 선생님이 찐 것이다. 그래서……

"고구마 맛있다~."

"선생님, 세리자와가 마음대로 고구마 먹고 있어요."

"얘~!"

한바탕 난리가 일어나기도 한다.

"우물우물, 위험했네 미야. 이쪽은 안 들켰어."

"우물우물, 꿀꺽. 응, 세리자와가 제물이 돼줬어."

"우물우물, 미야, 마히루, 시작할까."

세 명이 칠판에 적힌 순서를 확인했다. 먼저 반죽 만들기다.

"계란을 깨서 볼에 넣는대."

미야는 볼 테두리에 계란을 내리쳤다.

"에잇── 우와아."

미야는 요리를 한 경험 같은 건 전혀 없었다. 힘이 너무 많이 들어갔는지 계란에는 큰 균열이 생기고 거기서 흰자가 걸쭉하게 흘러나왔다. 중력을 따라 내용물이 계속해서 샜다.

"우와아."

"위험하잖아."

마히루가 손을 뻗어 날계란을 잡았다.

"마히루, 나이스 캐치."

"으에에, 촉감이 이상해. 아사카, 볼 갖다줘."

"자, 마히루."

"후우."

어떻게든 계란 깨기를 클리어한 셋은 다음 공정에 착수했다.

"그러니까, 설탕이랑 계란을 섞는대."

아사카가 볼에 설탕을 적당량 넣고 거품기로 달그락달그락 섞기 시작했다.

"에헤헤, 이거 재밌어."

"아사카, 나도 하고 싶어."

"나도."

요리 경험이 없는 아이가 알기 쉽게 요리를 하고 있다는 느낌을 맛볼 수 있기 때문에 이런 작업이 가장 인기를 끌기 쉽다.

"헤헤, 엄청 빠르게 섞어주지."

마히루가 거품기를 쥔 그때,

"선생니임~, 세리자와가 계란 흘렸어요~."

"아아 정말, 뭐 하는 거야! 힘껏 섞으면 다 흐르잖아?"

안쪽 테이블에서 일어난 사건을 목격하고,

"마히루, 평범하게 할까."

"……응."

그렇게 우유, 식용유를 각각 섞으면서 더했다.

"음, 다음은 박력분이랑 베이킹파우더래."

찐빵 반죽의 중심이 되는 박력분과 반죽을 부풀리기 위한 베이킹파우더는 이번 조리 실습의 중요 포인트이기 때문에 이것도 사전에 담임 선생님이 적정량을 재고 섞어둔 것이 준비되어 있었다.

'가루인가'라고 말하는 미야.

"뭔가 이상한 냄새가 나네."

"가루는 무슨 쓸모가 있는 걸까."

"아, 뭔가 끈적해지기 시작했어."

셋은 볼을 들여다봤다.

"오오, 가루 대단해~"

"가루 파워네."

"이제 컵에 옮기고."

유산지 컵을 깐 내열 용기에 반죽을 넣고 거기에 고구마를 넣는다. 이제 찌기만 하면 된다.

"선생님, 다~ 했~어~요~."

미야가 담임 선생님을 불렀다. 이제부터는 아이에게는 위험한 가스레인지와 찜기를 쓰는 작업을 하기 때문에 어른이 담당한다.

"맛있게 될까."

"유우 오빠한테도 나눠주자."

"뭔가 좋은 냄새가 나기 시작했어."

기다리길 20분 정도. 세팅된 타이머가 요란하게 울렸다.

"선생님, 이제 됐어?"

"응, 미야네 조가 1등이네. 잠깐 떨어져 있어."

뚜껑을 열자 증기가 자욱하게 피어올랐다.

"다 됐어?"

"꼬챙이를 찔러서 속이 다 익었으면 다 된 거야."

"아."

마히루가 차례차례 꼬챙이를 찔러 나갔다.

"전부 괜찮아."

"그럼 완성이네."

"와~."

"와~."

"와~."

남은 공정은 마무리.

초코칩과 스프링클 등의 토핑으로 찐빵을 장식하는 것이다.

"미야, 거기 있는 노란색 초콜릿 줘."

"자. 와, 아사카 건 전부 새빨갛잖아."

"이건 유우 오빠의 몫이야. 유우 오빠는 빨간색이 어울리니까."

"유우 오빠, 울면서 기뻐하겠지."

그리고 실제로 먹어봤다.

"맛있다!"

"맛있다!"

"맛있네."

자기들이 캔 고구마를 재료로 써서 직접 만든 찐빵. 그 따스한 단맛에 셋은 대만족했다.

2

"선생님 안녕히 계세요, 다들 안녕."

종례가 끝나고 학생들은 귀가 준비를 시작했다.

"유우 오빠, 좋아해줄까."

아사카는 랩으로 감싼 찐빵을 소중한 걸 다루듯이 횡단백에 넣었다. 남은 찐빵은 선물용으로 가지고 가도 되는 것이다.

"분명 울면서 기뻐할 거야."

"우리가 일부러 만들어줬으니까."

그렇게 말한 마히루는 오늘 횡단백을 잊어버렸다는 사실을 깨달았다. 란도셀에 넣으면 교과서의 무게 때문에 뭉개질지도 모른다고 생각해서 반바지의 뒷주머니에 찐빵을 넣었다.

"그럼 갈까."

셋은 귀로에 올랐다.

"오늘은 뭐 하고 놀래?"

"난 대ㅇ투 하고 싶어. 오늘이야말로 유우 오빠를 박살 낼 거야."

"오늘은 추우니까 나도 방 안에서 게임하는 게 좋겠어."

"점점 추워지네."

"마히루, 반바지인데 안 추워?"

"끄떡없어."

"마히루, 대단하네."

잡담을 하면서 통학로를 걷는 세 사람. 길모퉁이에 접어들었을 때,

"우왓."

"왓."

"꺅."

갑자기 오른쪽 모퉁이에서 스쿠터가 뛰어나와 셋은 놀라서 엉덩방아를 찧고 말았다.

"깜짝 놀랐네."

"위험해라…… 저 녀석 뭐야."

"무서웠어."

일시정지 표식을 무시한 위험한 스쿠터는 시원찮은 배기음을 흩뿌리면서 안쪽 모퉁이를 돌아서 갔다.

＊

——〈문 나이트 테라스〉의 테라스석. 아리츠키는 테라스석을 청소하고 있었다.

"유우 오빠."

"유우 오빠."

"유우 오빠."

"오오, 얘들아."

"오늘은 좋은 걸 가져왔어."

미야가 자신만만하게 가슴을 폈다.

"좋은 거?"

"고구마——?"

"고구마?!"

아리츠키는 양손으로 엉덩이를 막았다.

"고구마가 아니라 고구마 찐빵이에요."

"아아, 뭐야. 깜짝 놀랐네."

"우리가 만들었어."

마히루는 그렇게 말하면서 뒷주머니에 손을 찔러 넣었다. 동시에 불온한 감촉이 손끝에 전해졌다.

"……!"

"자, 이거 봐."

"열심히 만들었어요."

미야와 아사카가 횡단백에서 랩에 싸인 찐빵을 꺼냈다.

"호~, 잘 만들었네."

미야의 찐빵은 초코칩을 대량으로 뿌려서 주역이 고구마가 아니라 초코칩이었다.

아사카의 찐빵은 빨간 초코 스프링클로 표면에 하트를 그렸다. 하트를 예쁘게 보이기 위해 되도록 표면이 매끈한 것을 골라서 만들었다.

"대단하지."

"맛있어요."

"……."

"와아, 잘 만들었네."

마히루의 겨드랑이에 식은땀이 흘렀다. 그때였나 하는 생각이 들었다.

"마히루는?"

"어? 아, 아니."

마히루는 아리츠키의 시선을 받고 평소 같았으면 활기차게 행동했겠지만……

"나, 나 왠지 배 아프니까 집에 갈게."

"어?"

"아, 안녕."

세 명의 대답도 기다리지 않고 마히루는 뛰기 시작했다.

"배 아픈 걸 참고 있었던 걸까."

"괜찮을까, 마히루."

"……너희들 먼저 방에 가서 기다리고 있어."

"어?"

"유우 오빠?"

아리츠키는 앞치마를 벗어서 의자에 걸치고 마히루의 작은 등을 쫓아 달리기 시작했다.

*

"하아."

마히루는 납작해진 찐빵을 손에 들고 터벅터벅 걷고 있었다.

아까 엉덩방아를 찧었을 때 엉덩이의 무게 때문에 뒷주머니에 들어있던 찐빵이 찌부러지고 만 것이다. 반죽은 납작하게 굳어버려서 폭신폭신함의 흔적도 찾을 수 없었다. 고구마는 흐물흐물하게 뭉개지고 토핑한 초콜릿도 지저분해 보였다.

미야와 아사카가 예쁘고 맛있어 보이는 찐빵을 주는데 자기만 이런 걸 줄 수는 없다.

손에 들고 갈 걸 그랬다며 이제 와서 후회하지만 이미 늦었다.

다리가 무겁다. 기분은 최악이다.

"어~이, 마히루."

뒤에서 아리츠키의 목소리가 들렸다. 돌아보니 이쪽으로 달려오는 아리츠키의 모습이. 황급히 찐빵을 뒤에 숨겼다.

"뭐, 뭐야? 유우 오빠."

"뭐야, 가 아니라고. 찐빵 먹게 해줘."

"뭐? 왜?"

"왜냐니, 나한테 주는 거 아니었어?"

"아니, 그…… 안 돼."

이런 걸 아리츠키에게 보여줄 순 없다고 생각하며 마히루는 한 걸음 뒤로 물러났다.

"괜찮잖아."

"안 돼."

"먹게 해줘."

"안 돼."

"뭉개져서?"

"어?"

아리츠키는 쪼그려 앉아 마히루와 시선을 마주쳤다.

"알고 있었어?"

"뒷주머니에서 뒤죽박죽 삐져나온 게 보였어."

"……응, 넘어져서."

마히루는 찐빵을 보여줬다. 부끄러워서 가슴이 메었다.

"받을게."

"앗."

아리츠키는 가로채듯이 찐빵을 빼앗아 랩을 벗겨나갔다.

"엉덩이에 뭉개져서…… 더러우니까."

"더러울 리가 있냐."

그렇게 말하고 찐빵을 한 입 먹어버렸다. 어안이 벙벙해진 마히루는 아랑곳하지 않고 아리츠키는 웃음을 지었다.

"응, 맛있어."

"......정말?"

"그래, 엄청 맛있어."

"......맛없지 않아?"

"맛없었으면 뱉었을 거야. 난 이래 봬도 미식가니까."

"......뭐야 그게."

"배 아픈 건 이제 나았지? 자, 우리 집에 가서 놀자."

"......응."

"고마워."

"응."

아리츠키의 큰 손이 마히루의 손을 부드럽게 쥐었다.

건방진 꼬맹이는 자유롭지 못해

1

"아사카, 슬슬 나가자."

"네."

맏언니 쿄우카와 함께 욕조에서 나왔다.

"몸은 따뜻해졌어?"

"네. 목도 말라요."

"그럼 차가운 거 마시자."

몸은 완전히 따끈따끈했다.

언니가 머리를 말려줬고, 주방에서 수분 보충을 하고 거실로 돌아갔다.

"나왔구나. 아사카, 슬슬 자렴."

소파에 앉자마자 아버지 하나요시가 말했다.

"에에, 조금만 더."

"안 돼~. 시계를 보렴. 벌써 9시잖아. 아이는 이제 잘 시간이야."

"우으, 아직 안 졸려요."

목욕을 한 후의 나른한 느낌도 영향을 줘서 사실은 엄청 졸리지만, 아사카는 아직 자고 싶지 않은 기분이었다.

"아~쨩, 같이 자줄까?"

머리를 새빨갛게 염색한 차녀 토우카가 안겨 왔다.

"술냄새 나는 얼굴로 아사카한테 다가가지 마."

쿄우카가 토우카의 귀를 잡아당겼다.

"아야야야야."

"에헤헤."

오늘은 집에 어머니도 있고 희한하게도 두 언니도 있다. 어른들은 밤늦게까지 즐겁게 깨있다. 그런데 자기만 빨리 자야만 하다니 치사하지 않은가, 라고 아사카는 생각했다. 하지만 몸은 솔직했다.

"흐아암."

"이거 봐라, 아까부터 몇 번이나 하품을 하고 있잖아. 이 닦고 화장실도 가."

"네~."

아사카는 어쩔 수 없이 소파에서 내려왔다. 이를 닦고 볼일을 보고 방으로 향했다.

"후우."

홀로 침대에 누워 캄캄한 천장을 바라봤다.

왜 아이는 빨리 자야만 하는 걸까. 이제 어른들은 술을 마시면서 재밌게 이야기를 하거나 텔레비전을 보거나 하는데.

왠지 따돌림당하는 기분.

아이는 자유롭지 못하다.

아사카는 그렇게 이해했다.

이전에 수영장에 갔을 때도 키 제한 때문에 워터 슬라이드를 타지 못했다. 물론 그건 안전 때문이라는 지당한 이유가 있지만 아이에게는 불합리하게 느껴졌다.

어른은 되는데 아이는 안 된다.

빨리 어른이 되고 싶네.

불만과 수마에 몸을 꼬물꼬물 꼬았다.

"음, 하아암."

"아사카."

문에서 빛이 새어 들어오고 어머니의 목소리가 들렸다.

"어머니."

"아직 깨있구나."

"이제 잘 거예요."

"같이 자자."

어머니는 침대에 올라와 아사카 옆에 누웠다. 아사카는 어머니의 몸에 몸을 붙였다. 어머니의 냄새와 온기가 아사카를 감쌌다.

"편히 자렴."

"안녕히 주무세요, 어머니."

의식이 차차 희미해져 갔다.

2

──토요일.

아사카와 이ㅇ에 놀러 왔다. 미야와 마히루는 각자 볼일이 있어서 오늘은 아사카와 단둘이다. 오늘 아사카는 프릴이 달린 귀여운 원피스를 입고 여느 때와 다르게 머리카락을 포니테일로 묶고 있었다.

　떨어지지 않도록 손을 잡고 북적이는 가게 안을 산책했다.

　"유우 오빠, 어제는 언니랑 어머니가 돌아왔어요."

　"오오, 그거 잘됐네. 그보다 아사카는 언니가 있었구나."

　"네. 두 명 있는데, 둘 다 어른이에요. 유우 오빠보다 연상이에요."

　"흐음~, 그렇구나."

　"다 같이 게임을 하기도 하고, 재밌었어요. 오늘 아침 일찍 돌아가 버렸지만요."

　아사카는 기분이 좋았다.

　"앗, 유우 오빠, 저거 먹고 싶어요."

　"응?"

　아사카가 가리킨 곳을 보니 아이스크림 가게가 있었다.

　"어느 거야?"

　"이거에요."

　가게 앞에 큼직하게 놓인 커다란 파르페 사진.

　"이건."

　하트 모양 초콜릿이 올라가 있고 딸기와 초코 소스로 장식되어 있었다. 그리고 두 개의 스푼이 양 끄트머리에 기대어져 있었고 파르페 주변으로 하트가 날아다녔다.

　"아사카, 저건 커플 전용이야."

　메뉴 이름 아래에 고의적으로 적어놓은 듯한 '커플 딸기 파르페'라는 주석이 달려있었다.

"먹고 싶어요."

"이건 말이야, 연인 사이가 아니면 주문할 수 없어."

"……연인."

"여기 봐. 가증스럽게 커플 딸기 파르페라고 적혀 있잖아."

"저랑 유우 오빠는 안 되나요?"

"안 되지."

난 바로 대답했다.

"유우 오빠는 저랑 연인으로 보이는 게 싫어요?"

아사카는 울먹이는 눈으로 날 올려다봤다. 바보야, 그런 눈으로 보지 마.

"그런 게 아니라, 아이랑 어른은 연인이 될 수 없어."

아무리 아사카의 부탁이라고 해도 여자 초등학생과 함께 커플용 파르페를 주문할 용기는 나에겐 없었다. 만약 그 모습을 아는 사람이나 누군가가 보면 분명 난 내일부터 로리콘이라는 낙인이 찍힐 것이고, 이걸 주문할 때 보일 점원의 굳은 표정이 쉽게 상상됐다.

"왜요?"

"왜냐니, 아이는 그런 걸 할 나이가 아니니까…… 아, 지금 한 말은 취소."

아아, 난 바보인가. 아이를 상대로 무슨 말을 하려는 거냐.

"?"

"아무튼 아사카가 싫은 게 아니라 아이가 주문하기엔 아직 이르다는 말이야."

"치이."

아사카는 노골적으로 불만스러운 표정을 보였다.

"아사카가 좀 더 크면 하자."

"큰다면, 얼마나요?"

"음~, 적어도 앞으로 10년은 기다려야겠지."

"치이."

"자, 이 스페셜 파르페라면 아사카도 먹을 수 있어."

"됐어요."

아사카는 얼굴을 옆으로 휙 돌렸다.

"이건 과일 같은 게 얹어져 있어서 더 맛있을 것 같은데?"

"싫어요."

"웃."

이거 대응을 잘못했나.

하지만 초등학교 1학년인 여자애랑 같이 커플 전용 파르페를 먹는 걸 이해해줄 녀석은 로리콘 정도밖에 없잖아.

아사카는 어리광쟁이인 만큼 한번 삐지면 좀처럼 기분이 안 풀어진단 말이지.

결국 평범한 아이스크림을 사 먹었다.

*

또 아이.

어른은 치사해!

아사카의 마음은 불타올랐다.

같이 아~ 하고 싶었는데.

아사카도 이번 일에는 분개했다.

술을 마시고 싶다거나 담배를 피우고 싶다고 한 것도 아니다.

그냥 파르페다. 그냥 파르페조차 아이와 어른으로 구별되다니.

이 무슨 부조리인가.

빨리 어른이 되고 싶다는 욕구가 점점 더 강해지는 아사카였다.

＊

그 후, 푸드코트에서 식사를 하고 오락실에서 놀아서 아사카의 기분은 어떻게든 풀리기 시작했다.

"아사카는 리듬게임을 진짜 잘하네."

"소리에 맞춰서 치기만 하면 되니까 간단해요."

"말은 쉽지."

그다음에는 서점에 들렀다. 추리소설 문고본을 몇 권 샀고, 아사카도 순정만화 몇 권을 샀다.

"……저기, 유우 오빠."

"응?"

"전부터 신경 쓰였는데 저기 18이라 적혀있는 곳은 뭔가요?"

"뭐?"

아사카는 18금 코너를 가리켰다. 남색 칸막이 커튼에는 18이라는 숫자가 큼직하게 그려져 있었다.

"저, 저긴 말이다."

"18은 무슨 의미가 있어요?"

"18살이 아니면 들어가면 안 된다는 뜻이야."

"……흐~음, 무엇이 있나요?"

"어, 그러니까…… 나도 모르겠, 는데."

"하지만 유우 오빠는 이제 18살이니까 들어갈 수 있죠?"

"아니, 그……."

그때 칸막이 안쪽에서 유부녀 계열 야한 책을 안은 아저씨가 나왔다.

난 황급히 아사카의 눈을 손으로 가렸다.

"왓."

"아무튼 애는 안 돼. 자, 가자."

"치이."

아사카의 손을 끌고 그 자리를 떠났다. 저런 불건전한 곳에 아사카가 가까이 가게 해서는 안 된다는 일종의 방어 본능이 작용했다.

3

두 사람이 〈문 나이트 테라스〉에 돌아왔을 때는 벌써 3시가 지나 있었다.

"벌써 3시인가. 아사카, 간식 가져올 테니까 먼저 방에 올라가 있어."

아리츠키의 말을 듣고 아사카는 2층에 있는 방으로 향했다.

"네."

침대에 걸터앉아 사 온 책의 비닐 포장을 벗겼다.

결국 서점의 그곳은 무엇이었는가. 뭔가 위험한 냄새가 감도는 듯한 느낌이 들었다.

아이는 할 수 있는 일이 너무 적어서 마음속은 불만으로 가득했다.

하지만 그건 어른도 다르지 않다는 걸 아직 아사카는 깨닫지 못했다.

사람은 어른이 되었을 때 어린 시절이 얼마나 자유로웠는지 깨닫는다. 아이라서 허용되는 일이나 아이가 아니면 할 수 없는 일도 이 세상엔 많이 있으니까.

어른은 뭐든지 할 수 있지만 아이로는 돌아갈 수 없다.

그리고 그 사실을 깨달았을 때는 이미 늦었다.

아사카가 깨닫는 건 언제인가······.

"자, 아사카."

"유우 오빠······ 와, 그건."

아리츠키가 가져온 건 하나의 큰 파르페였다. 아래에 있는 부엌에서 만들어온 모양이다.

"같이 먹자."

커피 젤리와 콘플레이크의 층, 똬리를 튼 소프트 아이스크림에는 딸기 소스가 뿌려져 있었다. 초코칩과 작게 자른 과일로 장식되어 하트 모양의 초콜릿이 얹힌 파르페. 그리고 두 개의 스푼이 양 끄트머리에 기대어 세워져 있었다.

"우와아."

아사카는 눈을 반짝였다.

"이건 말이야, 원래는 커플이 아니면 먹으면 안 되는 비밀 메뉴거든. 누군가에게 알려지면 큰일 나. 그러니까 모두에겐 비밀이다."

"네."

"쉿~, 이다."

아리츠키는 검지를 입에 댔다.

"알았어요."

아사카는 바로 스푼을 입으로 가져갔다.

"맛있어요."

"그래 그래."

"아, 유우 오빠."

"응?"

"아~."

"……암."

"저한테도 해주세요."

"……아, 아~."

"암, 에헤헤, 맛있어요."

여러 불만은 있었지만 기분이 좋은 아사카였다.

1

"더, 더워어······."

오늘은 미스터리 연구회의 회지 발행일. 끊임없이 내리쬐는 아침 햇살을 받으면서 난 학교에 가고 있었다.

"으으~."

머리카락 때문에 목 주변이 푹푹 찌고 아스팔트의 반사열이 다리를 덮쳤다.

통학로 도중에 편의점이 있다. 거기서 이온음료를 사서 수분을 보충하자. 그리고 냉방으로 몸을 냉각하는 것이다!

오아시스가 보이기 시작했다.

쓸데없이 넓은 주차장을 종종걸음으로 지나 편의점으로 돌격했다.

"후우."

강렬한 냉방에 몸속부터 식어갔다. 땀은 삭 식어서 오히려 쌀쌀할 정도다.

~~살았다네, 살았이어.~~

하지만 아직 도착한 게 아니다.

다시 저 작열하는 길로 돌아가야만 하는 것이다. 난 이온음료로 목을 축이고 가ㅇ가리군 콜라맛으로 몸을 더 식혔다. 그리고 마음을 다지고 밖으로 나왔다.

"으헤에."

냉각된 몸은 순식간에 태양열을 흡수했고 보충한 수분은 땀이 되어 몸 밖으로 배출되었다.

자연의 맹위 앞에선 인간의 잔꾀 따위는 통하지 않는다는 건가. 언덕을 올라와 교문을 넘어섰다. 완전히 땀에 흠뻑 젖었다.

테니스 코트에서 다른 학교와 연습 시합을 하고 있는지 많은 사람이 모여 있었다. 부지를 동서로 가로지르는 긴 가로수길의 길가에는 니시고의 체육복을 입은 남학생이 앉아서 잡담을 하고 있었다.

남쪽의 운동장에서는 축구부가 활동하고 있는데 이 지옥 같은 폭염 속에서 뛰어다니고 있었다.

이런 불볕더위 속에서 격렬한 운동을 하다니, 정말 대단한 체력이다.

난 학교에 오기만 해도 힘이 다 빠지는데. 집에 가는 길에 〈문 나이트 테라스〉에 들러서 차가운 걸 마시면서 회지라도 읽자.

교사 안으로 들어가 미스연의 부실로 서둘렀다.

"기다렸지~."

"늦잖아, 하루야마."

다들 벌써 모여 있었다.

"미안 미안, 후지노."

안경을 쓴 호리호리한 부부장── 후지노 신타로가 손에 든 회지 묶음에서 한 권을 뽑아서 건넸다.

"자, 하루야마의 몫."

"고마워."

"미야, 땀이 엄청 나는데?"

세이나가 정수기로 물을 따라줬다.

"고마워. 이야, 더워도 너무 더워서."

"하루야마는 더위에 약하니까."

후지노가 질렸다는 눈으로 봤다.

"근데 얘는 추위에도 약해."

"시, 시끄러."

그 후, 다음 회지의 테마와 마감이 전달되고 해산하게 되었다.

"그럼, 가야지."

부실을 뒤로하고 출입구로 향했다.

그때,

"어라, 미야 선배 아닌가요."

익숙한 목소리가 들려서 난 뒤돌아봤다.

"아~, 유우히."

반짝이는 금색 머리카락에 눈처럼 하얀 피부. 파란 눈동자는 사파이어를 연상케 했고 작은 키는 마치 요정 같았다. 눈대중으로는 140 후반 정도일까.

나와 머리로와 같은, 진빙싫니──누가 붙인 건지, 이런 이상한 별명은──중 한 명이며 이 학교의 아이돌 같은 존재, 토가미 유우히.

"어쩐 일이에요? 이렇게 일찍부터."

"잠깐 부활동 하느라, 회지를 받아왔어."

"흐음."

"유우히는?"

"전 하기 강습이에요."

"장하네."

"그런데 땀이 엄청 나네요."

"아~, 더워서."

"쓸래요?"

유우히는 그렇게 말하며 주머니에서 손수건을 꺼냈다.

"괜찮아, 미안하잖아. 수건이라면 가지고 있으니까."

"그런가요. 아쉽네요."

……뭐가?

"야, 철벽성녀 둘이다."

"보충수업 하러 오길 잘했어."

"귀여워."

"여름 방학에 하루야마 선배를 볼 수 있다니."

"유우히, 이쪽 봐줘~."

어디서 생기나 건지 남자가 속속 모여들었다.

"여긴 좀 눈에 띄네요. 미야 선배, 아직 시간 괜찮아요?"

"어? 응."

"그럼 잠깐 시간 내주세요. 하고 싶은 얘기가 있으니까요."

"얘기?"

유우히는 그렇게 말하며 내 손을 끌었다.

이 시기에는 대부분의 교실이 빈다. 난 3층에 있는 한 교실로 끌려갔다. 창밖에서 운동부가 소리치는 소리가 들려왔다.

"여기가 괜찮겠네요."

"뭐, 뭐야?"

유우히는 진지한 눈으로 바라보며 말했다.

"아뇨, 확인하고 싶은 게 좀 있어요."

"?"

"미야 선배, 최근에 이상한 남자가 따라다니거나 하지 않아요?"

"어? 아니?"

왜 갑자기 그런 걸 물어보는 걸까.

"예를 들면 어떤 가게에 들어갔는데 그곳의 점원이 접근한다거나, 억지로 연락처를 교환하거나."

길을 걷고 있으면 뭐, 남자가 말을 거는 일은 자주 있지——뭔가 자랑 같은데——만, 아무리 그래도 일하는 중인 점원이 접근한 경우는 없으려나.

"음~, 그런 건 없는 것 같은데."

"그런가요, 그럼 됐어요."

유우히는 만족스럽게 미소 지었다.

"미야 선배는 예쁘니까 남자는 금방 착각하게 되거든요. 조심하세요."

"에헤헤, 그 정도는 아닌데."

"아뇨 아뇨, 진짜요. 이 세상의 남자 대부분은 여고생이 너무 너무 좋아서 어쩌지 못하는 녀석들뿐이니까요."

"그런가?"

"그래요. 애초에 어른과 여고생이 사귀는 건 범죄적이에요."

유우히는 단호하게 딱 잘라 말했다.

"뭐, 아무 일도 없으면 다행이에요. 시간 내줘서 감사합니다."

"아냐 아냐."

유우히와 헤어지고 교사에서 나왔다.

체육관을 들여다보니 여자 배구부가 연습하고 있었다.

"오, 미야."

스트레칭을 하고 있던 마히루가 날 알아차리고 달려왔다.

"어쩐 일이야? 미야도 부활동이야?"

"응, 잠깐 미스연에 볼일이 있어서. 근데 끝났어."

"난 오늘은 하루 종일 연습이야~."

하얀 연습복은 배구공이라도 채워 넣은 게 아닌가 싶을 정도로 빵빵했다. 여전한 크기다.

"몇 시에 끝날 것 같아?"

"음~, 5시나 6시쯤이려나."

"그럼 있잖아, 끝나면 다 같이 밥 먹으러 가자."

"오 예이."

"유우 오빠랑 아사카한테는 내가 말해둘게. 그럼 열심히 해!"

"그래."

난 마히루를 배웅하고 귀로에 올랐다.

걸으면서 생각했다. 유우 오빠도 역시 여고생을 좋아할까.

세간에서 일반적으로 사회인과 미성년자의 교제는 범죄……
까지는 아니더라도 비난이 거센 건 사실이다. 정확히는 18세부
터 성인이지만 사회적인 취급을 보면 그다지 다르지 않다는 느
낌이 들었다.

딱히 유우 오빠와 난 아직 그런 사이가 아니지만, 주위에서 그
렇다는 오해를 받으면 유우 오빠의 사회적인 지위에 영향이 간
다는 말을 아사카한테 들은 지 얼마 안 됐었지.

난 유우 오빠가 좋은데…… 그래도 유우 오빠가 범죄자 취급
을 받는 건 싫다. 보도 프로그램에서도 미성년자 추행 뉴스를
접하는 경우도 있고.

좋아, 그런 오해를 살 행동은 되도록 삼가도록 하자.

난 굳은 결의를 했다.

이럭저럭 하는 사이에 〈문 나이트 테라스〉에 도착했다.

"안녕, 미야."

유우 오빠가 바쁘게 일하고 있었다.

"와아, 사람 많네."

바깥의 테라스석도 포함해서 자리는 전부 차있었다.

"미안, 가게는 빈자리가 없는데 위층도 괜찮아?"

"괜찮아. 크림소다로."

"그래."

난 2층으로 올라가 유우 오빠의 방에 들어갔다. 수건으로 땀
을 닦고 데오드란트 시트로 관리했다.

"후우, 시원해."

선풍기를 돌리고 유우 오빠의 침대에 누워 바로 회지를 읽기
로 했다.

"흠흠…… 오, 이 녀석이 범인 같은데."

누워서 그런 건지, 아니면 폭염 속을 걷느라 지쳐서인지 강렬
한 수마가 찾아왔다.

"으음."

침대에서 유우 오빠의 냄새가 났다.

옛날부터 알고 있는 냄새. 진정되는, 좋은 냄새.

의식은 그대로 희미해졌고, 난 꿈속으로 여행을 떠났다.

*

"늦어져서 미안. 크림소다 가져왔어…… 미야?"

방에 들어가니 미야는 내 침대 위에서 잠들어 있었다. 반듯이
누워있는 그녀는 기분 좋아 보이는 숨소리를 냈다. 풍만한 가슴
이 천천히 상하운동을 반복했다.

"야, 미야."

난 테이블 위에 크림소다와 스푼을 두고 침대 앞으로 다가갔다.

"잠이다."

미야가 교복을 입은 모습은 눈에 익었을 텐데 왜인지 묘한 요
염함이 느껴졌다.

땀에 들러붙은 앞머리. 더위 때문에 약간 빨개진 볼. 선풍기
바람에 흐트러진 스커트 사이로 보이는 하얀 맨다리. 그리고 교

복 블라우스는 크게 부풀어 있었고, 거기서는 희미하게 하늘색 속옷이 비쳐서…….

난 바로 눈을 돌렸다.

이, 이 녀석 뭐냐. 남자의 방에서 이런 무방비한 모습으로 자다니.

온몸의 혈액이 하반신에 집중될 뻔해서 난 보디빌딩 대회의 광경을 떠올려 흥분을 상쇄했다.

문득 이전에 유우히에게 들은 말이 머리를 스쳐 지나갔다.

'아저씨가 여고생을 건드리는 건 범죄거든.'

그렇다, 난 동생 같은 아이에게 불순한 마음을 품어서는 안 된다. 딱히 어른과 여고생이라서가 아니다. 그것도 있지만, 무엇보다도 어린 시절을 알고 있는 아이에게 마음을 품는 건 이 녀석들의 신뢰를 배신하는 짓이다. 상대방은 그저 옛날에 놀아준 아는 오빠로 보고 있을 뿐이니까.

"미야, 일어나라니깐."

차가운 물수건을 미야의 얼굴에 댔다.

"햣."

이제야 일어났나.

"크림소다 가져왔어."

"아, 고마워."

미야는 나른한 듯이 몸을 일으키더니 기지개를 켰다.

"오자마자 자는 거냐?"

"왠지 졸려서. 잘 먹겠습니다~. 음~, 맛있어."

미야는 크림소다를 먹기 시작했다.

내 기분도 모르고 참 태평하다.

"그럼 난 간다."

"응. 아, 그렇지."

"뭐야?"

"오늘 다 같이 저녁 먹으러 가자."

"아~, 좋아."

"마히루한테는 이미 말했으니까 아사카한테도 연락해야지."

미야는 스마트폰을 꺼냈다.

"가게는 적당히 골라줘. 난 일하러 갈 거니까."

"응."

미야를 남겨두고 난 방을 뒤로했다.

여고생 셋과 함께 식사, 인가.

생각해보면 이것도 일반적으로는 평범하지 않단 말이지.

그 녀석들에게 남자 친구가 생기고 내 곁에서 떠나는 것도 분명 시간문제일 것이다. 미야도 마히루도 아사카도 남자 친구가 안 생기는 게 이상할 정도의 미소녀다. 그때가 올 때까지 앞으로 얼마나 남았을까.

그런 생각을 하니 가슴속이 살짝 아팠다.

……이 기분은 뭘까.

"유우."

아래층으로 내려가자 어머니에게 불렸다.

"어~, 왜?"

"잠깐 괜찮아?"

유난히 밝게 웃고 있다. 꼭 이럴 땐 좋을 일이 없다는 걸 난 경험으로 알고 있다.

"부탁이 좀 있는데——."

2

다음 날 오전 8시 전, 난 후지노미야역의 버스터미널에 있었다.

"미안해, 아리츠키. 갑자기 부탁해서."

히카리는 미안하다는 듯이 말했다.

"아~, 괜찮아 괜찮아."

"저기, 엄마, 목말라."

"차 있는데 괜찮지? 미소라랑 메이는——."

그리고 세 명의 여자아이.

"아, 버스 왔어~."

타츠키가 가리켰다.

후지산 5부 능선행 셔틀버스다. 우리는 바로 올라탔다. 물론 행선지는 후지산이다.

도중에 몇 번인가 정차를 반복했고, 그때마다 우리와 같은 목적을 가진 등산객이 탔다. 시가지를 빠져나간 후에는 등산로를 한결같이 올라갔다. 창밖의 경치는 차차 녹색으로 물들어 갔다.

"우와~, 크다아."

후지산이 눈앞에 오자 미소라가 감탄해서 소리쳤다.

"메이, 일어나. 후지산 엄청 커."

타츠키가 잠에 취한 메이를 흔들었다.

"맨날 보고 있잖아아."

"지금 보라니깐. 평소보다 크니까."

"타츠키, 다른 손님도 있으니까 조용히 해."

오늘 우리는 저 일본 제일의 산에 오른다.

확실하진 않지만 이번 후지산 등산은 아이들이 발안했다고 한다.

미소라, 타츠키, 메이 이 셋이 후지산을 등산하고 싶다는 희망을 각자의 보호자들에게 말했는데 공교롭게도 하루야마가는 휴일 일정이 맞지 않았다.

그리고 사정은 불분명하지만 카와라사키가는 부모님이 안 계신 가정환경이라 고령의 할머니 할아버지가 메이를 돌보고 있다고 한다. 민감한 문제라서 그다지 자세히는 물어보지 않았다. 아무튼 고령의 노인에게 가혹한 한여름 등산은 힘들다는 이야기가 나왔다.

그렇다고 해서 히카리 혼자서 세 아이를 돌보는 것도 사안이 사안인 만큼 어려운 일이다.

그 이야기를 들은 어머니──주부의 네트워크는 굉장하다──가 '그럼 유우를 빌려줄게'라고 내 승낙을 받지 않은 채로 히카리에게 제안했다는, 평소와 같은 패턴으로 일이 진행됐다.

뭐, 나도 친구의 부탁은 차마 거절할 수 없고 합법적으로 일을 쉬고 놀 수 있으니 일석이조다. 다만 문제는 한여름 등산에 내 체력이 버틸지 어떨지.

아무래도 이번엔 정상까지 오른다고 한다. 거의 매일 아침 미소라와 모두와 농구를 하면서 운동은 하고 있지만 30대 전후의 아저씨의 체력은 전성기의 절반도 안 될 것이다. 하산한 후에 근육통 때문에 못 움직이게 될지도 모르겠다.

그건 그렇고 갑자기 후지산 등산이라니, 대체 무슨 바람이 분 걸까.

일전에 타츠키네랑 후지산 세계 유산 센터에 갔는데 혹시 그것 때문에……?

*

후지산 등산 루트는 주로 네 개로 나눌 수 있다.

야마나시현 후지요시다시에서 들어가는 요시다 루트.

시즈오카현 북동부의 스바시리(현 오야마초)에서 들어가는 스바시리 루트.

같은 시즈오카현의 고텐바시에서 들어가는 고텐바 루트.

그리고 우리의 후지노미야시에서 들어가는 후지노미야 루트.

후지노미야 루트는 후지산 스카이라인이 등산 기간 중에 자가용 규제를 하기 때문에 셔틀버스나 택시 등을 써서 이동해야만 한다.

"아, 아리츠키, 사탕 먹을래?"

"고마워."

히카리한테 콜라맛 사탕을 받았다. 입안에서 대굴대굴 사탕이 굴렀다. 뭔가 소박하고 그리운 맛이다.

"시모무라는 옛날에 정상까지 오른 적 있었던가."

"응, 고등학생 때."

"고등학생 때인가."

"그때의 아리츠키는 매일 고생스러워 보였지."

"고생스러운 정도가 아니야. 매일매일 꼬맹이들 상대를 하느라──."

후지노미야역에서 출발한 버스는 미즈가츠카공원 주차장에서 휴식을 하고 이윽고 목적지인 신 5부 능선 주차장에 도착했다.

"메이, 일어나."

"으헤?"

"오~, 그립네."

소년 시절의 기억이 떠오른다.

그래 맞아, 그때도 이런 느낌으로 사람이 밀집해있고 태양과 가까운 만큼 햇빛도 강렬했지. 스카우트단에 소속되어 있었던 때의 추억에 잠겼다.

"저거 봐 아리츠키, 높네."

히카리가 아래에 펼쳐진 거리를 바라보면서 말했다.

히카리는 챙이 넓은 하얀 모자를 쓰고, 빨간 바람막이에 폭이 좁은 바지라는 움직이기 편해 보이는 복장을 하고 있었다. 등에는 큰 배낭을 메고 목에는 수건을 둘렀다.

"응, 그렇네~."

이 지점이 벌써 해발 약 2400미터. 스가루만과 그 너머에 있
는 이즈반도가 어렴풋이 보였다.

"저기야 저기."

미소라가 뿅뿅 뛰었다. 이미 산에 사람의 행렬이 생겨 위까지
이어지고 있었다. 정상을 올려다보니 드문드문 나무들이 자라
나 있어서 마치 이끼가 낀 바위 같았다.

"유우 씨, 그거 잘 들고 왔어~?"

"들고 왔어."

"좋아!"

미소라는 입꼬리를 씨익 올렸다.

"그럼 갈까."

후지노미야 입구는 출발점의 해발이 다른 루트보다 높아서 정
상까지의 거리가 짧다. 하지만 경사가 심하고 울퉁불퉁한 바위
밭도 많다. 과연 아이들은 무사히 오를 수 있을까.

로프로 구획이 구분된 언덕길을 올랐다. 완만한 언덕길이지만
지면은 바위 표면이 다 드러나 있다.

한동안 천천히 걸으니 이윽고 6부 능선의 운카이장에 도착했
다. 여기서 등산 필수품인 지팡이, 금강장을 산다.

"오오, 멋지다~."

타츠키는 지팡이 끝에 매달린 방울을 딸랑딸랑 울렸다.

"수행승이 된 것 같아"라고 하는 미소라.

"이거 우리 집에도 있어."

"그럼 메이의 할아버지도 옛날에 후지산에 올랐을지도 모르 겠네."

"슬슬 가자."

여기서부터는 경사가 점점 더 심해지고, 게다가 바닥이 모래 와 자갈로 돼있어 미끄러지기 쉽다. 선두에 히카리, 그리고 최 후미에 내가 서서 아이들을 사이에 두는 대열을 만들어 오르기 시작했다.

"하아, 하아."

"메이 괜찮아?"

"응."

"잠깐 쉴까. 어~이, 시모무라."

"네~"

도중에 적당히 휴식을 취했다. 고산병의 위험이 있기 때문이다.

"푸하아, 맛있다."

이온음료를 다 마시고 메이는 크게 숨을 내쉬었다.

"힘들어?"

내가 물어보자 메이는 살짝 고개를 갸웃했다.

"아니, 아직은 괜찮아."

"하핫, 힘내자."

"응."

셋과 교류를 하는 사이에 대략적인 기질을 알게 되었다.

미소라와 타츠키는 활발한 편이지만 메이는 어딘지 멍하다고 해야 할지, 순진하다 해야 할지, 활기찬 둘에게 휘둘리고 있다는 느낌이 들었다. 후지산 등산에 맞춘 것인지 트레이드마크인 머리띠의 색은 위장색이었다.

"있잖아 엄마, 오늘은 자고 가지?"

타츠키가 물었다.

"그래, 산장을 예약해뒀으니까."

당일치기 등산은 고산병 발병이 쉬워지기 때문에 위험하다. 특히 후지산 같은 해발고도가 높은 산은 더 그렇다. 이번엔 히카리가 8부 능선의 산장을 예약해줬다.

"후후훗, 그리고 일출을 보면서……."

미소라가 수상한 웃음을 지었다.

"엄마, 캐러멜 더 줘."

"예 예."

"좋아, 그럼 갈까."

우리는 일어섰다.

*

"이쯤에서 또 쉬자."

나도 꽤 지쳤다. 고산병 예방에 가장 효과적인 것은 느긋한 페이스로 오르는 것이다.

탁 트인 곳에 앉아서 아래를 내려다보니 동쪽에 운해가 생겨나 있었다.

"오오, 구름보다 높다~."

타츠키가 천진난만하게 소리쳤다.

"얘들아, 물 마셔, 과자도 있어."

"네~."

"네~."

"네~."

칼로리와 수분을 보충했다. 아이들은 울타리 바로 앞에서 스마트폰으로 사진을 찍기 시작했다.

"후지노미야는 저쯤일까~?"

"아니야. 저기가 타고노우라니까──."

그때 한 쌍의 노부부가 우리 앞을 지나가며,

"가족끼리 후지산에 오르고 참 좋네요."

라고 말을 걸었다.

"아뇨, 아니에요."

정정할 새도 없이 노부부는 익숙한 기색으로 위로 척척 올라갔다.

"……뭔가 전에도 이런 일이 있었지."

히카리가 어색하게 시선을 옮겼다.

"어, 어어, 그렇──지."

분명 초등학교 저학년 아이들과 30대 전후의 남녀라는 조합이니 그렇게 봐도 별수 없지만.

"무슨 얘기 하고 있었어~?"

타츠키가 이쪽으로 왔다.

"아무것도 아니야. 건강한 아이들이라고 칭찬받았을 뿐이야."

"헤헹~."

타츠키는 허리에 손을 대고 가슴을 폈다.

"미소라, 메이, 슬슬 가자~."

"네~."

"네~."

그 후로 산을 더 올라서 5부 능선을 출발한 지 약 5시간이 경과했다.

아무래도 다들 지친 기색을 숨기지 못했다. 특히 메이의 피로가 두드러졌다. 경치 속에 녹색은 거의 없어졌고 불그스름한 암벽이 정상 부근의 가혹함을 나타내고 있었다.

앞에서 걷는 세 명과 거리가 수 미터 벌어졌다.

"메이, 괜찮아?"

"응."

"자."

난 쪼그려 앉았다.

"?"

"이제 조금밖에 안 남았으니까 업어줄게."

조금만 더 가면 산장에 도착한다.

"……그래도 돼요?"

"응."

"아흐으, 감사합니다."

배낭을 앞으로 메고 메이를 업었다.

"좋았어, 갈까."

그래봤자 아이다. 게다가 여자아이다.

가볍다 가벼워.

"──빠 같아."

"어? 뭐라고 했어?"

"아무것도 아니에요~."

그렇게 우리는 오늘의 목적지인 8부 능선의 산장에 도착했다. 오늘은 이만 쉬기로 했다.

일찍 취침하고 기상은 심야. 그리고 일출 시간에 맞출 수 있도록 정상을 목표로 가는 것이다.

산장의 식당에서 식사를 하고 예약해둔 방으로 안내를 받았다. 그곳은 방, 이라고 하기에는 조금 소박했다. 넓이는 세 평도 안 됐다. 꾀죄죄한 다다미에 대들보가 다 드러나 있는 천장. 벽은 얇은 판자가 쳐져 있어서 옆방의 소리가 다 들렸다.

하지만 여기까지 등산하면서 피폐해진 우리에겐 누울 수 있는 것만으로도 충분히 천국이었다.

"아~, 힘들다."

"완전히 녹초가 됐어."

미소녀의 다크서가 다다미 위에 뒹굴었다.

"엄마~, 갈아입을 옷이랑 시트 줘."

"예 예."

히카리가 가방에서 데오드란트 시트를 꺼냈다. 이 산장에는 샤워 시설이나 욕실 등의 설비가 없다.

"아리츠키도, 자."

"어어, 땡큐…… 아, 미안 미안."

난 바로 방에서 나왔다. 남자인 내가 있으면 히카리도 아이들도 옷을 갈아입을 수 없을 것이다.

복도에서 기다리기로 했다. 그러자 식당 쪽에서 종업원인 중년 여자가 와서,

"아, 아저씨. 부인이 이걸 잊어버렸어요."

그렇게 말하고 히카리가 쓰고 있던 챙이 넓은 모자를 건네줬다. 아무래도 식사 중에 벗은 걸 잊어버린 모양이다.

"고맙습니다. 그리고——."

부부가 아니라고 정정하려고 했지만 그녀는 일이 바쁜지 성큼성큼 걸어서 통로 안쪽으로 사라졌다.

"아리츠키, 이제 괜찮아."

"그래. 아, 시모무라. 이거 식당에 잊어버리고 왔지. 종업원이 갖다 줬어."

"고마워, 왜 없나 싶었어."

히카리에게 모자를 주고 이번엔 나 혼자 방에 들어가 빠르게 옷을 갈아입었다. 지한제와 데오드란트 시트의 달달한 향이 방에 충만해 있었다. 왠지 고등학교 시절이 떠올랐다.

"슬슬 잘까."

히카리가 짐을 안쪽에 모으고 말했다.

"그렇네."

"벌써 자는 거야~"라고 말하는 타츠키.

"아직 안 어두워~."

메이가 창밖을 보며 말했다.

그러자 미소라가 제일 먼저 누워서 입을 열었다.

"잘 들어. 오늘은 빨리 자고 내일에 대비하는 거야."

"그치만 아직 해님이 떠있는데 잘 수 있을까."

타츠키는 포니테일을 풀고 히카리 옆에 누웠다. 메이도 머리띠를 벗고 내 옆에 왔다.

나와 히카리가 아이들을 사이에 두고 좁은 방에 일자로 나란히 누웠다. 히카리, 타츠키, 미소라, 메이, 나 순서다. 아직 시각은 오후 6시 전이지만 피로가 쌓인 덕분에 아이들은 쉽게 잠들 수 있었다.

"아리츠키, 깨있어?"

"어어."

"오늘은 정말 고마워. 나 혼자서만 왔으면 아마 다 돌봐주지 못했을 거야."

히카리는 타츠키의 배를 쓰다듬고 있었다. 아이들은 셋 다 새근새근 자고 있었다.

"괜찮다니깐. 익숙하니까."

"역시 어린애를 좋아하는 사람다워."

"……오해를 불러일으키는 말 하지 마."

"아하핫. 하지만 실제로 아이를 키워보면 한 명도 힘들단 말이야. 아이는 내 생각의 범주를 뛰어넘는 일을 갑자기 저지르고, 정신을 차리고 보면 없어져 있는 경우도 있고…… 그때의

아리츠키는 셋이나 돌봐주고 있었잖아. 그게 얼마나 대단한 일인지를 알았어."

"돌봐줬다고 해도, 난 키운 게 아니잖아. 그저 하루에 잠깐 동안 놀이 상대가 됐을 뿐이야. 아침부터 밤까지 제대로 아이를 돌보고 키운 부모들과는 비교가 안 되지."

"그래도 충분히 대단하다니깐. 보통은 피도 안 이어진 아이를 상대하는 건 매일 할 수 있는 일이 아니야. 가~끔 놀아주는 거라면 몰라도."

"⋯⋯다시 말해두겠는데 난 딱히 로리콘 아니다."

"알고 있다니깐."

히카리는 미소를 짓고,

"그래 맞아, 로리콘이라고 하면 옛날에 아리츠키가 메구미를 주워왔을 때——."

히카리와 옛날이야기로 이야기꽃을 피웠다.

*

누군가가 내 몸을 흔들흔들 흔들었다.

"——우 씨."

"응?"

"유우 씨."

눈을 뜨니 어둠 속에 달빛이 비쳤고, 메이의 얼굴이 드러났다.

"왜 그래, 메이."

메이는 조금 높은 목소리로,

"그, 화장실."

그렇게 말하고 아랫입술을 깨물고 몸을 꾸물거리며 비비 꼬았다.

"화장실?"

"화장실에 가고 싶어요."

그렇군, 아마 혼자 가는 게 무서운 것이리라.

처음 온 곳이고 모르는 사람도 많은 밤중의 산장이다. 시각을 확인하니 오후 9시 15분.

"알았어, 웃차."

난 몸을 일으켜서 메이를 데리고 방을 나섰다.

낡아빠진 전구가 매달려 있을 뿐인 복도. 희미한 빛은 통로 전체를 비추기에는 너무나도 약했고, 오히려 어중간하게 밝아서 왠지 으스스한 인상을 받았다. 다른 숙박객들도 자고 있는지 고요했다.

"무서워."

메이는 내 손에 매달리듯이 자신의 손을 얽었다. 확실히 이러면 혼자 안 가고 싶어지는 것도 납득이 된다. 마치 유령의 집의 통로 같다.

"무섭네."

"으으."

메이를 화장실에 데려갔다.

"기다려주세요."

"응, 여기에 있을게."

기다리기를 몇 분.

"기다렸죠."

"아냐."

메이가 다시 내 손을 잡았다.

방에 돌아와서 메이는 원래 자리에 누웠다. 나도 눕자 메이가 몸을 기대왔다. 내 가슴에 얼굴을 묻듯이 머리를 붙였다.

"으음."

"아직 시간 있으니까 편하게 자."

"네."

작은 등을 쓰다듬고 있으니 문득 기시감을 느꼈다. 비슷한 일이 전에도 있었다. 무슨 일이었는지 잠시 생각했는데, 옛날에 태풍이 온 밤에 아사카와 같이 잤던 일이 떠올랐다.

3

찌리리리링 하고 자명종 소리가 울렸다.

"아리츠키, 시간 됐어."

"으어어. 일어날게."

전등 아래에서 히카리가 아이들을 깨웠다. 시계를 보니 딱 오전 1시. 잠에 취한 눈을 비비면서 난 짐을 정리했다.

"오, 미소라 잘 일어났네."

"당연하지. 언니랑은 다르거든. 그보다 그거, 잊으면 안 돼."

"걱정 말라니깐."

"5분만 더 자게 해줘."

"안 돼, 타츠키. 메이도 일어나."

"으아~."

미소라가 친구 둘을 깨웠다.

모두 일어나서 식당으로 향했다. 우리와 마찬가지로 심야에 출발하는 등산객들로 붐볐다.

간소한 식사를 하고, 드디어 출발이다.

"오오, 굉장해."

밖에 나오자마자 타츠키는 감탄해서 소리쳤다.

아무것도 가리는 것 없이 하늘 가득히 별이 있었다.

"오, 은하수다."

"어디?"

"어디?"

"어디~?"

난 동쪽의 높은 곳을 가리켰다.

"저거 봐, 저기 별빛이 잔뜩 모여 있는 게 은하수."

"은하수라면 견우와 직녀 이야기에 나오는?"

메이가 날 올려다봤다.

"그래 맞아. 은하수 양 끝에 밝은 별이 두 개 있지? 저게 견우와 직녀. 그리고 은하수 속의 밝은 별과 합쳐서 여름의 대삼각형이라고 불러."

"와아."

"에, 어느 걸 말하는 거야?"

"저거야, 타츠키. 예쁘지."

히카리가 황홀한 목소리로 말했다.

눈을 아래로 돌리면, 이번에는 야경으로 반짝이는 대지를 바라볼 수 있다. 하늘과 땅으로 시야를 가득 채우는 빛의 알갱이들.

다들 하나같이 눈앞에 펼쳐진 경치에 마음을 빼앗겼고──

"──아니, 이게 목적이 아니잖아!"

미소라가 정신을 차린 듯이 말했다.

"빨리 안 올라가면 일출 시간에 못 맞출 거야."

"네 네."

그렇게 우리는 정상을 향해 출발했다.

어둡고 걷기 힘든 산길을 차근차근 시간을 들여 올랐다. 언덕은 모래를 뿌린 것처럼 자그락거려서 걷기 어려웠다. 어두운 것도 맞물려서 메이가 몇 번인가 넘어질 뻔했다.

"아으."

"어이쿠."

"고맙습니다."

"서두르지 말고 천천히 가자."

다치면 본전도 못 건진다.

뒤를 돌아보니 헤드라이트의 빛이 줄줄이 이어져 있었다. 구불구불한 오르막길을 천천히, 그리고 확실하게 나아갔다. 다리에 피로가 쌓여서 무게 추 같다.

"하아 하아, 꽤 힘들어졌을지도."

미소라의 목소리에 피로가 배어있었다.

"자, 다들 힘내자. 거의 30대인 아저씨가 힘내고 있다고."

"잠깐만, 아리츠키가 아저씨면, 나도, 아줌마가, 돼버리잖아."

"하핫, 미안."

잡담으로 기분을 달래면서 한결같이 다리를 움직였다. 시간이 얼마나 흘렀을까. 주위는 여전히 어둠에 휩싸여 있었다.

"하아, 하아."

"히이, 히이."

이윽고 우리는 평탄한 곳으로 나왔다.

"어라? 혹시……."

히카리가 멈춰 서서 우리를 돌아봤다.

눈앞에는 장엄한 토리이가 서있었고 돌로 만들어진 사당이 있었다.

"해냈다아"라고 말하며 타츠키가 히카리의 허리에 달려들었다.

"골인이다~."

"힘들어어."

미소라와 메이는 서로를 안고 기쁨을 표현했다.

"와아, 그립다~."

히카리가 손을 모으고 말했다.

정상 센겐 대사 오쿠미야라 적힌 나무기둥이 기둥 옆에 서있었다.

드디어 도착인가.

오전 4시 12분.

우리는 후지산 정상에 도착했다. 하지만 감동에 젖거나 쉬거나 할 틈은 없다. 정확히는 여기가 최종 목표가 아니니까. 여기서부터가 이번 등산의 진정한 목적, 마지막으로 힘내야 할 때다.

"있잖아, 어디로 가는 거야?"

"그러니까, 저쪽이네."

우린 다시 걷기 시작했다.

깎아지르는 능선이라 불리는 것도 납득될 정도의 사면을 신중하게 올라갔다. 그곳을 넘어가면 돌이 굴러다니는 계단이 나타난다. 그 옆의 뭔가 위엄 있는 건물──나중에 알았는데 관측소라고 한다──을 지나가니 '일본최고봉 후지산 켄가미네 3776미터'라 새겨진 돌기둥이 우리를 맞이해줬다.

"여, 여기가 최종 목표? 제일 높은 곳?"

미소라가 물었다.

"맞아."

"드디어 도착한 거야?"

"그래."

"해냈다아~."

그렇게 우리는 일본에서 가장 높은 곳에 도착했다.

"유우 씨, 그거 그거."

"그래."

난 가방에서 커피세트를 꺼냈다.

이번 등산의 목적은 일본에서 가장 높은 곳에서 아침 해를 보면서 커피를 마시는 것이었다. 발안자는 미소라로, 아이인 주제에 꽤나 멋진 생각을 떠올렸다. 뭐, 텔레비전의 특집이나 뭔가에 영향을 받았겠지만.

"아리츠키, 물 끓었어."

"그래."

후지산 정도의 해발고도쯤 되면 기압 때문에 끓는점이 평지보다 상당히 낮아지지만, 아버지에게 들은 바에 의하면 맛에 큰 영향은 없다고 한다. 뭐, 이런 상황 속에서 먹고 마시면 대부분 맛있게 느껴질 것이다.

"설탕이랑 우유 넣는 사람?"

"저요~."

"저요~."

"저요~."

"……저요~."

"시모무라도 넣냐."

"에헷."

인원수만큼의 커피를 끓이고 일출을 기다렸다. 주위는 이미 밝아오기 시작했고 동쪽 하늘에 아침놀이 피어나고 있었다.

그리고 오전 4시 47분.

"아 떴다."

미소라가 소리쳤다.

지평선에 빛이 번졌다. 주위의 산맥이 빨갛게 물들고 아침의 도래를 알리는 태양이 그 모습을 드러냈다.

"오오."

지금까지의 피로가 순식간에 정화되는 듯한 거룩한 빛이 우리를 감쌌다.

"예쁘네, 타츠키."

"응."

내 무릎 위에 앉아있던 메이도 그 아름다움에 시선을 빼앗겼다.

"……대단해."

"크으으, 최고야."

우유가 잔뜩 들어간 카페오레를 마시면서 미소라는 일출을 바라봤다.

이윽고 불타는 듯한 빨간색은 차차 그 기세를 약화시켜 따뜻함이 느껴지는 빛으로 변해, 아직 희미하게 남아있던 밤의 어둠을 싹 없앴다.

*

그날 저녁.

"일본에서 가장 높은 곳에서 아침 해를 보면서 마시는 커피는 얼마나 맛있었는지. 하늘의 색이 검은색에서 하늘색, 하얀색, 그리고 오렌지색에서 빨간색으로 바뀌어가는 모습은 후지산 정상이 아니면 볼 수 없단 말이지."

미소라는 이쪽을 슬쩍 보았다.

"뭐, 이것만큼은 체험한 적이 없으면 모르겠지."

"큭."

이 얼마나 건방진 동생인가.

돌아오자마자 이겨 먹으려 들 줄이야. 지난번 캠핑의 복수를 하는 건가?

"헹, 일출 같은 건 여기서도 그냥 볼 수 있거든."

"아~ 아니지 아니지. 마을에서 봐도 말이야, 그건 이미 지평선 위로 떠오른 뒤니까 진짜 일출이 아니란 말이지. 뭐, 언니는 땅바닥 위에서 언제든지 볼 수 있는 가짜 일출을 보면서 곤충 채집이라도 하지 그래?"

"끄으응."

"하계의 커피로 만족하다니, 아직 한참 멀었네."

이 건방진 꼬맹이 녀석……

"잠깐 미야, 어디 가는 거야. 이제 밥 먹을 거야"라고 하는 어머니의 목소리를 뒤로하면서,

"금방 올 거야."

난 서둘러 〈문 나이트 테라스〉로 갔다.

"유우 오빠!! 나도 후지산 가고 싶…… 어. 뭐 하는 거야? 마히루."

유우 오빠의 방에 들어가니 마히루가 있었다.

"응? 유우 오빠, 몸이 굳어서 상태가 안 좋다고 해서. 마사지 해주고 있어."

유우 오빠는 침대 위에 엎드려 있었고 마히루가 종아리를 마사지하고 있었다.

"유우 오빠, 괜찮아? 안 아파?"

"어어, 괜찮아. 시원해."

"헤헤."

밀실에서 꽁냥대는 건 문제지만, 지금은 그런 걸 신경 쓸 때가 아니다.

"미야, 난 이제 후지산 졸업했어."

"나도 정상에서 일출을 보면서 커피 마시고 싶어! 한 번 더 가자~."

난 유우 오빠의 몸을 흔들었다.

"아니, 네 체력으로는 절대 안 돼. 나도 이 모양이라고."

"미야는 1부 능선도 못 오르고 포기할 것 같아."

마히루가 웃었다.

"으으~."

결국 난 그 후 며칠 동안 계속해서 미소라의 잘난 척을 들었다.

개업! 건방진 꼬맹이 마트

1

일요일.

회색 구름이 하늘을 덮고 약간 차가운 바람이 불었다. 모처럼의 휴일이지만, 날씨가 이러면 바깥에 나갈 생각은 안 드네. 오늘은 얌전히 집 안에 있자. 그런 결심을 하자마자 마히루가 찾아왔다. 항상 반팔 반바지인 마히루도 오늘은 긴팔에 긴바지다.

"뭐야, 오늘은 너 혼자야?"

"아니야. 유우 오빠. 오늘은 미야네 집에서 놀 거야."

아무래도 날 부르러 온 것 같다. 밖이 아닌 게 다행이다. 마히루에게 손을 잡아끌려 이웃집인 하루야마가로 갔다. 역시 춥다. 계절은 차차 겨울이 가까워지고 있다.

"오오, 춥네."

"전혀 안 추워."

"에잇."

마히루의 목에 손을 댔다.

"핫."

마히루는 몸을 움찔 떨며 뛰어올랐다.

"하하핫. 차갑지."

"이 바보야."

"마히루에게 투닥투닥 맞으면서 하루야마가에 들어갔다.

"어서 와, 유우 군."

"실례합니다."

"미쿠 씨에게 인사하고 미야의 방으로.

거기엔——.

"데려왔어."

"뭐야, 너희들. 대체 뭔데?"

"유우 오빠, 잘 왔군."

뒤집은 종이상자 너머에서 미야가 말했다.

"유우 오빠, 많이 사주세요."

조금 떨어진 곳에도 뒤집은 종이상자가 있었고, 아사카가 그 뒤편에 있었다.

"너희들 뭐 하는 거야."

"자, 유우 오빠, 이거."

마히루는 종이 다발을 나에게 주고는 똑같이 종이상자 너머로 이동했다. 도합 세 개의 종이상자가 삼각형을 이루고 있었다. 각각의 상자 위에 종이를 접어서 만든 작품(?)을 나열해두고 있었다.

마히루에게 받은 종이 다발에 시선을 떨궜다. 직사각형으로 잘린 마분지에는 유치한 글자로 '1000엔'이라 적혀있었다. 그중에는 둥글게 자른 종이도 있는데 이건 동전 같다.

바닥에는 색종이와 마분지의 잔해, 셀로판테이프에 가위, 색

연필 등이 잡다하게 방치되어 공작 작업의 흔적을 엿볼 수 있었다.

아아, 그렇군.

"가게 놀이야."

"가게 놀이라고."

"가게 놀이에요."

그런 건가.

*

"어서 오세요, 쌉니다 싸요."

미야가 손뼉을 치며 소리를 냈다.

미야의 가게는 디저트 가게인 모양이다. 종이접기로 만든 과일, 판 초콜릿 등을 아무렇게나 늘어놓고 있었다. 빈 푸딩 용기를 쓴 파르페 등, 공들여 만든 상품도 있었다.

"이건 뭐야?"

노란 색종이가 원뿔형으로 말려있었다.

"이거? 이건 소프트아이스크림이야."

미야는 그렇게 말하고 원뿔을 거꾸로 들고 구깃구깃하게 구긴 티슈를 위에 얹었다. 그렇군, 색종이 부분이 콘이고 티슈가 아이스크림인가.

"오오, 잘 생각했네."

"1000엔입니다~."

"뭐야?!"

이 무슨 강경한 가격 설정인가. 난 마지못해 1000엔을 냈다.

"감사합니다~."

다음은 마히루의 가게를 보자.

"이건…… 햄버거인가?"

서투른 글자로 적힌 메뉴표가 상자 위에 놓여있었다.

"어서 옵쇼. 손님, 주문은?"

"뭐냐, 그 캐릭터는…… 어디 보자, 그럼 이 '마히루 버거'로."

"예이."

마히루는 활기차게 대답하고 번을 꺼냈다.

"지금부터 만드는 거야?"

"우리 가게는 금방 만든 것만 내서 말이야."

이 번, 색종이로 만든 것 치고는 유난히 부풀어 있네. 거기에 갈색 색종이로 만든 패티——이것도 부풀어 있어——를 놓고, 빨간색, 노란색, 초록색 색종이를 포갰다. 마지막으로 번을 얹고, 이걸로 완성인 모양이다.

"예이, 오래 기다렸습니다. 2000엔입니다."

"뭐라고?!"

식재이 20배나 뭐니라고.

"자."

난 왜인지 있었던 3000엔 지폐를 줘봤다.

"3000엔 지폐는 뭐야…… 보통 2000엔 지폐잖아."

"2000엔 지폐 같은 건 없어."

"그게 있단 말이지, 나도 실물을 본 적은 없지만."

"자, 그러니까…… 잔돈 1000엔."

"잘 계산했네."

"이 정도는 할 수 있거든."

1000엔과 마히루 버거를 받았다.

빨강, 노랑, 초록색 색종이는 각각 토마토, 치즈, 양상추를 표현한 것 같다.

"……아, 그런 건가."

번과 고기는 속에 티슈를 채워 넣었다. 과연, 이렇게 하면 형태도 무너지지 않고 손으로 들어도 찌부러지지 않는다. 아이 주제에 생각을 꽤 잘했잖아.

"유우 오빠, 이쪽에도 와주세요."

아사카에게 불려서 난 그쪽으로 갔다.

"아사카는 무슨 가게야?"

"에헤헤, 꽃집이에요."

정성껏 접은 색색의 꽃. 튤립에 장미, 해바라기 등, 접기 어려워 보이는 꽃뿐이지만 구겨진 곳 하나 없이 예쁘게 완성되어 있었다. 특히 장미는 입체적이고 초록색 종이를 가늘고 길게 만줄기까지 달려있었다.

"아사카는 손재주가 좋네. 그럼 이 장미를 살까."

"5000엔입니다."

"뭐라고?!"

장미의 시세는 잘 모르지만 바가지를 쓰고 있다는 것만큼은 분명하다. 난 마지못해 5000엔 지폐를 줬다.

"감사합니다아."

"유우 오빠, 이쪽에도 와줘."

"내 가게도 새 상품을 냈다고."

"알았어 알았어, 순서대로 갈 테니까 기다리고 있어."

그렇게 꼬맹이들의 가게에서 계속해서 터무니없는 요금으로 바가지 쓰길 십몇 분.

"앗, 이제 돈이 없어."

자금이 다 떨어졌다.

"유우 오빠도 참, 낭비하니까 그렇게 되는 거라고."

미야가 기막히다는 듯이 한숨을 쉬었다.

"하지만 돈이 없으면 가게 놀이를 계속할 수 없어."

아사카가 불안해하며 말했다.

"어쩔 수 없지. 돈을 만들까."

마히루가 가위를 들었다.

"잠깐만, 얘들아."

"왜?"

"왜 그래?"

"왜 그러세요?"

"돈은 딱히 안 만들어도 괜찮아. 그보다 잠시만, 그래, 15분 정도 기다리고 있어."

난 그렇게 말하고 미야의 방에서 튀어나와 우리 집으로 귀환했다. 아버지도 어머니도 바쁘게 일하고 있었다. 그런 둘을 제쳐두고 주방에 숨어들어 원하는 것을 찾았다.

"오, 찾았다, 찾았다."

2

"앗, 유우 오빠가 돌아왔어. 자, 유우 오빠, 용돈."

"결국 돈 만든 거냐. 괜찮아, 그건 너희 용돈으로 써."

"어?"

"유우 오빠, 그게 뭐예요?"

"후후훗, 이 종이상자 좀 빌릴게."

난 미야의 방으로 돌아와 사용하지 않는 종이상자를 빌렸다.

구석의 비어있는 공간에 자리 잡고 뒤집은 종이상자 위에 상품을 뒀다.

"자 얘들아, 아리츠키 마트 개업이다."

"와, 총이다."

"멋지다."

"유우 오빠가 만들었어요?"

"내 야심작이라고."

그리운 고무줄 총이다.

"얼마야 얼마야?"

미야가 들떠서 말했다.

"그렇네, 1000엔이면 돼."

"살래!"

"나도."

"저도 갖고 싶어요."

"자."

세 명에게 고무줄 총을 팔았다.

"있잖아, 이거 어떻게 쏘는 거야?"

"여기에 고무줄을 걸어서, 여기까지 늘리고, 여기에 거는 거야. 아, 사람을 향해서 쏘면 안 된다."

"네~."

"네~."

"네~."

고무줄이 팅팅 하고 허공을 날아다녔다.

"재밌어~."

"아~, 애들아, 아리츠키 마트에선 이런 서비스도 하고 있다고."

난 색종이를 잘라서 만든 과녁을 벽에 붙였다.

"사격인가요?"

"이 빨간 하트를 맞히면 10000엔, 노란 별은 5000엔, 초록색 삼각형과 파란 사각형은 1000엔이다."

"할래 할래."

"참가비는 1000엔이고 세 번 쏠 수 있어. 쏘는 건 침대 위에서."

"좋아, 한 방에 맞힐 거야."

"누가 제일 먼저 맞히는지 승부다."

"으~…… 어려울 것 같아."

꼬맹이들은 사격에 열중했지만 그렇게 쉽게 대박이 터질 리가 없다. 나한테서 실컷 돈을 우려내고 말이야. 건방진 꼬맹이 놈들, 다 빼앗아주마.

크크큭.

난 다시 집으로 돌아가 재료를 조달했다.

"틀렸어, 전혀 안 맞아."

"마히루, 좀 더 위를 노리는 편이 좋지 않아?"

역시나 대박은 아직 터지지 않았다.

"아~, 얘들아, 아리츠키 마트는 새 상품을 냈는데."

"와, 큰 총이다."

미야가 외쳤다.

"신상품, 고무줄 스나이퍼 라이플. 조준 스코프(휴지심 재질)가 달려있어서 과녁을 조준하기 쉬워져."

"얼마야?"

"5000엔이다."

"살래!"

"나도."

"으으, 이제 돈이 없어요."

"아사카, 돈이 없을 때는 어떻게 해야 하지?"

"사격으로 대박을 노려요."

"그게 아니지…… 아, 그래. 나 해바라기를 사고 싶어졌어."

"사는 거예요? 그러니까, 5000엔이에요."

이리하여 세 명의 손에 무사히 스나이퍼 라이플이 넘어갔다.

"에잇. 아, 맞았다. 맞았어."

잠시 후, 미야가 빨간 하트에 명중시켰다.

"대단하네, 미야."

"대단해, 미야."

"와~ 와~"

"대박이다! 자, 상금 10000엔."

"나도 할래."

"나도."

스나이퍼 라이플의 성능 때문인지, 아니면 이 녀석들의 실력이 좋아진 건지, 과녁에 명중시키는 빈도가 높아지기 시작했다. 이쪽의 지출이 많아져서 내 자금도 줄어들었다. 이쯤에서 크게 벌어야 한다.

"아~, 얘들아. 돈을 그냥 들고 다니는 건 위험하지 않을까. 우리 가게에서 신상품을 냈는데."

"앗, 지갑이다."

색종이로 만든 지갑이다. 구매 의욕을 일으키기 위해 비즈와 비닐 테이프로 장식도 해뒀다.

"이건 말이다, 한정 상품이니까 30000엔!"

"그런 돈 없어."

"좀 더 싸게 해."

"6000엔 더 있어야 하나."

"돈이 없으면 착실하게 일하면……."

"좋아, 사격으로 대박을 노리자."

"오~."

"오~."

"……."

그렇게 모두가 지갑을 얻을 때까지 사격, 가게 놀이는 계속
됐다.

*

그날 밤.

"바보야!!! 젓가락 재고를 전부 쓰면 어쩌자는 거야!"

어머니의 노성이 공기를 진동시켰다.

"진정해 진정해, 사야카. 발주해뒀으니까."

"그런 문제가 아니야. 당신은 조용히 있어."

"네."

"대체 어디에 쓴 거야!"

"그, 고무줄 총을."

"고무줄 총을 만드는데 젓가락을 그렇게 많이 쓸 리가 없잖아."

"아니 그, 고무줄 스나이퍼 라이플을."

"뭐어?"

그 후, 어머니의 진지한 설교는 한 시간 동안 이어졌다.

건방진 꼬맹이는 기다려줬으면 해

종례를 알리는 종이 교사 안에 울려 퍼졌다. 홈룸이 끝나고 우

리는 돌아갈 준비를 시작했다.

이 시기의 3학년은 종례 후 취업반과 진학반의 시간을 쓰는 방식이 달라진다. 후자는 수험 대책으로 보강을 듣는 사람과 학원을 다니는 사람이 대부분이다.

우리 취직반, 특히 이미 내정을 받은 학생은 딱히 할 일이 없어서 방과 후에는 마음대로 놀 수 있다.

"자 그럼, 집에 갈까."

엔도 나오아키에게 말을 걸었다.

까까머리에 키가 큰 반 제일의 까불이. 그의 됨됨이를 가장 알기 쉽게 설명하자면, 체격 좋은 카〇오라는 표현이 가장 정확하려나. 중학교 때부터 알고 지내고 있고 고등학교에서는 같은 농구부에 소속되어 있다.

통학로가 같아서 도중까지 항상 같이 하교하는 친구다.

"아~, 미안 아리츠키, 오늘은 볼일이 좀 있어."

엔도는 그렇게 말하고 얼굴 앞으로 팡 소리를 내며 손을 모았다.

"볼일? 선생님한테 불렸냐?"

"아니거든! 뭐, 헐 일이 좀 있어."

껄끄러운 웃음을 지으면서 엔도는 눈을 가늘게 떴다.

잘은 모르겠지만 나쁜 일은 아닌 것 같다.

"하~, 알았어. 안녕."

"그래."

엔도를 교실에 남겨두고 난 귀로에 올랐다.

집에 도착하니 예상대로라고 해야 할까, 내 방에는 이미 세 명의 건방진 꼬맹이가 기다리고 있었다. 침대 위에서 딱 붙어서 게임을 하고 있었다.

이 녀석들 앞에선 내 프라이버시는 전혀 존중되지 않는다.

"유우 오빠, 이ㅇ 가자~."

미야가 달라붙었다.

"기다려 기다려, 옷 갈아입을 거니까."

"빨리."

마히루가 내 엉덩이를 퍽퍽 때렸다.

"알았어 알았어."

난 벨트를 풀었다.

"……."

"빨리 갈아입어!"

"방에서 나가!"

"우와."

"와앗."

"아으."

아무리 꼬맹이라고 해도 여자아이니, 이 녀석들 앞에서 바지를 벗을 수는 없다. 꼬맹이들을 쫓아내고 옷을 갈아입었다.

"좋아, 갈까."

걸어서 이ㅇ으로 향했다. 저녁 이 시간대에는 장을 보는 중인 주부와 학교를 마치고 온 학생들로 붐빈다.

"유우 오빠, 아이스크림 먹고 싶어."

마히루가 내 손을 잡아당겼다.

"아이스크림 말이지, 알았어 알았어."

내부에 입점해 있는 베〇에 들렀다.

"난, 그러니까, 음~, 딱딱 터지는 게 좋아."

미야는 메뉴표를 가리켰다.

"팝핑샤〇 말이지. 넌 항상 고민하면서 결국 그걸 고르네."

"그치만 이게 제일 맛있는걸."

나도 그걸로 할까.

"난 초코."

"전 녹차가 좋아요."

"다들 콘으로 하면 되지?"

"응."

"응."

"네."

테이블석에 자리를 잡았다. 얄밉게도 주위의 자리에는 대부분 고등학생 커플이 있었다. 다행히 키타고의 아는 사람은 없다.

"유우 오빠, 한 입 줘."

"자."

"저도 먹고 싶어요."

"자."

"나도."

"넌 똑같은 맛이잖아."

아이스크림을 다 먹고 게임 코너로 향했다. 근데 여기서도 커플이 눈에 띄네. 스티커 사진을 찍거나 건슈팅 게임을 하면서 꽁냥대고 있다.

"유우 오빠, 저거 하자~"

꼬맹이들이 리듬게임 기계에 모여들었다.

"오오, 으……."

"꺄~ 위험해~. 탓 군, 잘한다~."

"헤헷, 얍 얍."

옆 기계는 커플이 쓰고 있었다.

"유우 오빠, 빨리."

같은 나이대인 학생은 여자 친구를 데리고 다니고 있는데 난 10살 이상이나 어린 초등학생이랑 같이 다니는 건가.

힐끗 이쪽을 본 남학생이 코웃음 친 것처럼 보인 건 내 기분 탓인가?

"아사카 잘한다~."

"에헤헤."

이 녀석들, 내 마음도 모르고 재밌게 놀고 있네.

"다음은 유우 오빠 차례."

"……그래, 내 슈퍼 테크닉을 잘 보라고."

오락실에서 한바탕 놀고 가게 안을 어슬렁거렸다. 미야가 다른 아이스크림 가게 앞에 멈춰 서서 메뉴표에 꼭 달라붙었다.

"이거 먹고 싶어."

"엉?"

하트 모양 초콜릿에 딸기와 초코 두 가지 색의 소스. 두 개의 스푼이 양 끝에 아니꼽게 기대어 세워져 있고 빨간 바탕의 간판과 하트가 러브러브한 분위기를 내고 있었다.

미야가 가리킨 것은 얼마 전에 아사카가 사달라고 조른 커플 전용 파르페였다.

"아니, 이거는, 미야."

내가 설명하려고 하자 아사카가 끼어들었다.

"미야, 이건 커플이 아니면 주문할 수 없어."

"그래?"

"커플만 이걸 먹을 수 있어~."

어딘지 자랑하는 듯하면서 타이르는 듯한 말투다.

"어른이 될 때까지 기다려야만 해."

"앗, 미야, 여기에 커플 딸기 파르페라고 적혀있어."

마히루가 말했다.

"정말이네~."

미야는 어깨를 축 늘어뜨렸다.

"아사카는 안 먹고 싶어?"

"난 전에 먹었는걸."

"에?!"

"에?!"

"유우 오빠가 만들어줬어."

아사카는 허리에 손을 대고 가슴을 젖혔다.

"아, 아니, 아사카, 그건 비밀이라고——."

"앗."

아사카는 황급히 입가에 손을 댔지만 이미 늦었다.

"유우 오빠, 어떻게 된 거야!"

"나도 먹고 싶어!"

마히루와 미야가 나에게 매달렸다.

"아사카한테만 만들어주고 치사해."

"나도 먹고 싶어."

"아~, 알았어 알았어. 오늘 집에 가면 만들어줄게."

"꼭이다."

"꼭이야."

가게에서 떠나려고 꼬맹이들의 손을 끌었다. 그때였다.

"어라, 아리츠키?"

"어? 엔도."

뒤를 돌아보니 엔도가 있었다. 교복을 입고 있는 걸 보니 학교에서 바로 온 모양이다. 볼일은 다 끝난 걸까.

아니, 그게 문제가 아니다.

난 엔도 옆에 있는 여자를 봤다. 긴 흑발에 성깔 있어 보이는 날카로운 눈을 가진 여우상의 미소녀.

"어라~~, 아리츠키잖아."

"어어, 나카지마도……."

엔도 옆에 있는 사람은 나도 잘 아는 여학생── 남자 농구부의 전 매니저, 나카지마 로코였다.

"유우 오빠, 학교 친구야?"

미야가 물었다.

"어어."

"뭐야 아리츠키, 또 애 보는 거야?"

"아리츠키는 동생이 있었구나. 귀엽다~."

"아니, 그런 게 아니라…… 너희들."

난 둘의 모습을 자세히 관찰했다.

둘은 사이좋게 서로 깍지를 끼고 똑같은 팔찌를 끼고 있는 게 아닌가. 이건 생각할 필요도 없다.

난 애써 아무렇지 않은 척을 하며 물었다.

"어, 뭐야, 너, 너희, 사, 사사사, 사귀냐?"

둘은 서로 얼굴을 마주 보고 행복한 듯이 미소 지었다.

"들켰나."

들켰나, 가 아니라고.

"진짜냐."

볼일이라는 건 여자 친구와 만날 약속이었나.

"어? 언제부터?"

"저번 주부터."

엔도하고는 중학교 때부터 알고 지냈는데, 이 녀석에게도 드디어 여자 친구가 생겼나. 여자 친구가 생기지 않는 남자끼리 잿빛 고등학교 생활을 부활동에 바친 사이다. 문화제 때는 남자끼리 돌아다니고 밸런타인데이 때는 둘이서 안절부절못하며 보낸 사이다.

"말 좀 해주지 그랬냐."

"딱히 숨기려고 한 건 아니지만 왠지 말을 꺼내기가 힘들어서."

"전혀 몰랐어."

기쁜 것 같으면서도 뒤처져서 분한 것 같기도 한 복잡한 감정이 내 가슴 속에서 소용돌이쳤다. 설마 엔도에게 여자 친구가 생길 줄이야. 그것도 같은 3학년인 시모무라 히카리, 1학년 하나야마 코하루와 나란히 학교의 남자들에게 인기를 끄는 나카지마 로코와 사귀다니…….

"뭐, 아리츠키도 빨리 청춘을 즐기라고. 안녕."

"아리츠키, 또 학교에서 보자."

"어, 어어."

둘은 사이좋게 손을 잡은 채로 우리의 옆을 지나쳐 아이스크림 가게로 들어갔다.

난 그 모습을 세 꼬맹이들과 함께 지켜봤다.

*

"아리츠키는 왜 여자 친구를 안 만드는 걸까~."

로코가 커플 전용 스페셜 파르페를 먹으면서 말했다.

"전에 후배가 아리츠키한테 고백했는데 차였대."

"흐음."

엔도는 맞장구를 쳤다.

"딱히 인기가 없는 건 아닌데~."

"오랫동안 친구로 지내온 내가 보기에는——."

"보기에는?"

"저 녀석은 이상이 너무 높단 말이지~."

"호~."

"그 녀석은 타고난 가슴 성인이야."

"그치만 그 후배도 엄청 거유인데?"

"그건 아깝네. 그럼…… 아, 이건 안 돼. 이건 아무래도 말할 수 없어."

"어? 뭐야?"

"그 녀석의 명예가 걸려있어."

"궁금해~."

"안 돼 안 돼. 자, 빨리 먹고 영화 보러 가자."

*

"……저 두 사람, 커플 파르페 먹으려나."

마히루가 뒤돌아보며 말했다.

"근데 유우 오빠는 여자 친구 없어?"

"윽."

순진한 마히루의 목소리가 내 마음을 꿰뚫었다. 딱히 없는 거 아니거든. 안 만들 뿐이거든.

"보통 고등학생이 되면 연인이 생기는 거 아냐?"

"유우 오빠한테 연인 같은 건 100년은 이르지!"라며 미야가 약간 화난 듯이 말했다.

"너희들 시끄러."

"유우 오빠는 인기 없어?"

"시끄러! 자, 가자."

이 녀석들, 멋대로 말하고 말이야.

"잠깐만~, 화장실."

"나도 가고 싶어."

"그럼 여기서 기다리고 있을게."

미야와 마히루가 종종걸음으로 화장실에 갔다. 나와 아사카는 화장실 옆의 벤치에 나란히 앉았다.

"유우 오빠."

아사카가 내 손을 잡아당겼다.

"왜."

아사카는 내 귀에 얼굴을 가까이 대고,

"기다려주세요"라고 말했다.

얼굴이 조금 빨개져 있다.

이 상황에 그 말을 한다는 건 분명…….

"아사카도 화장실?"

"……아니에요."

1

'내년에도 또 같이 보자.'

밤하늘에 활짝 핀 꽃들을 보면서 난 유우 오빠에게 그렇게 속삭였다.

'당연하지.'

유우 오빠는 빙수를 먹으면서 말했다.

앞으로 쭉 이 넷이서 즐겁게 놀 수 있다고 난 믿고 있었다. 매년 여름이 올 때마다 이 멋진 불꽃놀이를 유우 오빠와 함께 볼수 있을 거라고 믿고 있었다.

하지만 그 약속이 지켜지는 일은 없었다.

유우 오빠는 상경한 이후로 10년 동안이나 한 번도 돌아오지 않았으니까.

먼 추억의 한 페이지.

그날 밤 본 불꽃놀이의 반짝임은 지금도 선명하게 떠올릴 수 있다.

＊

"덥네."

"유우, 이건 저쪽에."

어머니에게 아이스박스를 받았다.

"예이 예이…… 무겁네."

"여보, 엎어져 있지 말고 움직여요."

"으, 음."

설치가 끝난 텐트 아래에서 들뜬 마음으로 노점 준비가 시작됐다.

동네 자치회가 근처 공원에서 여는 여름 축제다. 우리 〈문 나이트 테라스〉도 예년과 같이——내가 참가하는 건 오랜만이지만——노점을 냈고, 빙수와 커피 계열의 음료를 판매한다. 아침부터 준비에 쫓겨서 눈코 뜰 새 없이 바쁘다.

모든 준비가 끝난 무렵에는 정오가 조금 지나 있었다. 조금씩이지만 손님도 모이기 시작했다. 배가 고파서 바로 노점을 돌아다니려고 했는데,

"유우 오빠."

마히루가 왔다. 검은 캡을 쓰고 하얀 티셔츠에 청 반바지. 그리고 왼쪽 손목에는 검은 리스트밴드가.

"오오, 마히루냐."

"자, 간식."

마히루는 3인분의 야키소바가 든 봉투를 건네줬다. 류샤쿠가는 야키소바 포장마차를 담당하고 있으며 입구 부근이라는 최고의 자리에 가게가 있었다.

"고마워~, 마히루."

어머니가 말했다.

"땡큐."

"이거, 내가 볶았어."

"오~, 맛있겠네. 좋아, 이거 가져가. 내가 사는 거야."

난 빙수를 만들어서 마히루에게 건넸다.

"고마워. 오늘도 덥네."

마히루는 이마에 살짝 나는 땀을 손으로 닦고 해를 올려다봤다. 애매미의 소리가 들려왔다.

"미야랑 아사카는?"

"미야네 집에서 유카타를 입고 이쪽에 온다고 했으니까 슬슬 올 것 같은데……."

"마히루는 유카타 안 입어?"

"난 저녁쯤에 미야네 집에 가서 유카타 빌릴 예정. 지금은 야키소바 볶으니까 유카타를 입고 있으면 일하기 불편하고 냄새 배."

"그렇구나."

그때,

"안녕하세요~."

"안녕하세요~."

"안녕하세요~."

미소라, 타츠키, 메이가 왔다. 손에는 타코야키와 야키소바, 초코바나나 등 각자 먹을 것을 들고 있었다. 벌써 한 바퀴 돌고 온 모양이다.

"그래."

"안녕~. 다들 빨리 왔네~."

마히루는 그렇게 말하고 허리를 숙여 셋과 눈높이를 맞췄다.

"마히루네 야키소바도 샀어"라면서 미소라가 야키소바를 한 손에 들고 말했다.

"고마워."

"미야는 아직 안 왔어?"

내가 물어보자 미소라는 어쩔 도리가 없다는 태도로 입을 열었다.

"언니는 늦잠 잤어. 내가 나갈 때가 돼서야 겨우 일어났어. 어제 너무 흥분해서 잠을 못 잤대."

"그 녀석은 애인가."

"미야답네."

마히루는 그렇게 말하고 킥킥대며 웃었다.

"그럼 난 가게에 돌아갈게. 나중에 보자."

"그래."

"언니는 진짜 못났다니깐. 그건 그렇고, 아줌마~, 빙수 주세요~."

"네~. 무슨 맛이 좋아?"라며 어머니가 접객 모드에 들어갔다.

"딸기"라고 말하는 미소라.

"멜론"이라 말하는 타츠키.

"블루 하와이"라고 말하는 메이.

사실 빙수의 시럽 맛은 전부 똑같다는 잡지식을 피로하려고 했지만, 아이의 꿈을 부술 수는 없으니 그만두자.

"너희는 유카타 안 입어?"

셋은 평범한 사복을 입고 있었다.

"유카타? 음~, 딱히…… 안 입어도 괜찮은데."

"덥기도 하고~."

"아, 그렇지."

"유우 씨, 이거 드릴게요."

메이가 쭈뼛거리면서 초코바나나를 내밀었다.

"받아도 돼?"

"네."

"고마워."

"에헤헤."

"자~, 기다렸지~."

어머니가 3인분의 빙수를 다 만들었다. 각자 빙수를 받았다.

"그럼 나중에 보자."

미소라 일행을 배웅하고 나도 텐트 아래로 돌아왔다. 마히루에게 받은 야키소바와 메이에게 받은 초코바나나로 에너지를 보급했다. 노점을 돌아다니는 건 미야와 모두가 온 뒤에 하자.

사람이 많아지기 시작했으니 나도 접객에 가세할까.

동네 규모의 축제라서 손님은 결코 많다고는 할 수 없지만, 그래도 바쁘다는 건 변함없다.

"자, 고마워."

중학생 정도의 여자아이에게 딸기 연유 빙수와 잔돈을 줬다.

"감사합니다."

해맑은 웃음을 보여주고 소녀는 근처에서 기다리고 있던 남자

아이 곁으로 서둘러 뛰어갔다. 커플일까. 아니면 남매일까? 손을 잡고 있는 걸 보고 커플이라 단정했다.

"유우 오빠!"

"유우 오빠."

"응?"

목소리가 겹쳐서 들렸다. 보니까 유카타를 입은 미야와 아사카가.

"오오, 너희구나."

미야는 검은 바탕에 노란 별이 점점이 박힌 유카타를 입었다. 밤하늘을 이미지 했을 것이다. 노란 오비 끄트머리의 검은 초승달이 눈에 띄었다. 머리를 높이 묶고 비녀를 꽂고 있었다.

"유우 오빠, 어때요?"

아사카의 유카타는 하얀 바탕에 빨간 장미꽃이 많이 그려져 있었다. 가슴팍이 조금 드러나 있는 건 더워서 그런 걸까. 빙수 같은 하얀 볼에 한 줄기 땀이 흐르는 게 정말 선정적이었다.

"둘 다 잘 어울리네."

"헤헹~."

미야는 허리에 손을 대고 가슴을 젖혔다.

"감사합니다."

"그래, 얘기 들었어 미야. 너 늦잠 잤다면서."

"뭐?! 누, 누구한테 들었어?"

"아까 미소라랑 애들이 왔거든."

"아, 아니, 딱히, 늦잠이라곤 해도, 그렇게 늦게까지 잔 건——."

"2시간 30분이나 기다렸어요. 9시에 집합하기로 약속했는데."

아사카는 볼에 손을 대고 한숨을 쉬었다.

"아사카?! 그거 배신인데?"

"우후후."

"정말이지 넌……."

"아니야, 어제 잠이 안 들어서."

"유우, 휴식하고 와도 돼."

"응. 좋아, 갈까."

"유우 오빠 듣고 있어?!"

어머니의 허가가 나서 두 사람과 같이 축제를 둘러보기로 했다.

먼저 간 곳은 류샤쿠가 낸 야키소바 가게.

"마히루, 가자~."

미야가 말을 걸었다.

"어어, 잠깐만 기다려. 이것만 볶고…… 홋."

마히루는 소매를 어깨가 드러날 정도로 걷어붙이고 머리에는 머리띠를 두르고 있었다. 시원시원한 누님 같은 분위기라 여름 축제에 딱 맞았다.

"엄마, 유우 오빠랑 다 같이 갔다 와도 돼?"

"돼."

마히루의 어머니인 아스카 씨가 대신 뒤집개를 들었다. 그건 그렇고 여전히 큰 사람이다.

"좋아, 갈까."

머리띠는 벗었지만 소매는 그대로였다. 분명 더운 것이리라.

우선 어슬렁거리면서 노점을 둘러봤다.

"어라? 미소라랑 애들이잖아."

마히루가 말했다.

보니까 물풍선 낚시 가게에 미소라, 타츠키, 메이 세 명이 있었다.

"그립네. 너희도 저렇게 물풍선 낚시를 했었지."

"유우 오빠, 저거 봐. 그립지 않아?"

미야가 어느 건물을 가리켰다.

"오오, 저건가."

그건 외부업자가 만든 유령의 집이었다. 동네 축제치고는 본격적으로 만들었지만, 가게를 보는 할머니의 눈빛이 가장 무섭다는 느낌이 안 드는 것도 아니었다.

입구에 늘어선 해골과 로쿠로쿠비, 우산요괴 인형이 어색하게 움직이고 있었다. 설비가 낡아서 그런 것이겠지만, 그 어색함이 오히려 으스스함을 연출하는데 한몫했다.

"너희들, 그때는 잘도 나만 안에——"

"하핫, 그런 일도 있었나."

"마히루, 잊어버렸다고는 안 하겠지."

"아하하, 아무튼 들어가자고."

"어른 넷이요."

할머니에게 요금을 내고 안에 들어갔다.

희미한 어둠에 휩싸인 좁은 통로.

광원은 천장에 똑같은 간격으로 매달린 빨간 램프의 빛뿐. 내

부는 완전히 무음이라 우리의 발소리가 무기질적으로 울릴 뿐
이었다.

"뭐, 뭔가 옛날보다 퀄리티 올라가지 않았어?"

"미, 미야, 걷기 힘들다니깐."

"그치만~."

미야는 마히루의 뒤에 서서 허리에 팔을 두르고 있었다.

"마히루, 맛있는 냄새 나."

"계속 야키소바 볶았으니까."

아사카가 '꺅' 하고 소리를 지르며 나에게 안겼다.

"왜왜왜, 왜 그래?"

"저 모퉁이에 누가 있었던 것 같은데."

아사카는 나에게 붙은 채로 떨어지려 하지 않았다.

"나도 뭔가 움직인 것 같았어."

넷이서 얼굴을 마주 보고 신중하게 걸어갔다.

이런 올지도 모른다는 각오를 강요한다는 건…….

일본식 호러의 겁주기는 완급 조절이 핵심이다.

설마…….

난 결심하고 모퉁이를 돌았다.

하지만 역시 거기엔 아무것도 없었다.

"왜 그래, 유우 오빠."

"얘들아, 하나 둘 셋 하면 돌아보는 거다."

"?"

"?"

"?"

"하나~ 둘."

뒤돌아보니 거기엔 온몸에 붕대를 감은 남자가 말없이 서있었다.

"끄아아아아아아아."

"꺄아아아아아아아."

"꺄아아아아아아아."

"꺄아아아아아아아."

*

"미야, 언제까지 달라붙어 있을 거야."

"마히루우."

울먹이고 있는 미야는 마히루의 등에 달라붙은 채로 떨어지지 않았다.

"무서웠어요."

아사카도 공포가 아직 남아있는지 내 팔에 달라붙은 채로 있었다. 유령의 집에서 나온 우리는 근처의 음식을 먹을 수 있는 공간에 자리를 잡았다.

"출출하네요. 뭔가 먹을까요."

"그렇네."

근처 가게에서 먹을 것과 마실 것을 조달했다.

"유우 오빠, 맥주도 팔고 있었는데."

"음, 술은 밤에 마셔도 돼."

난 라무네로 목을 축이고 라멘을 먹었다. 이런 이벤트 때 흔히 볼 수 있는 불어터진 면과 싸구려 스프를 쓴 라멘은 왜인지 맛있게 느껴진다.

일반적인 외식 때 이런 게 나오면 분명 속이 터지겠지만.

"아, 마히루. 초코바나나는 평범하게 먹어라?"

마히루가 초코바나나를 들고 있어서 난 황급히 충고했다.

"평범하지 않게 먹는 법은 뭐야."

"어? 아니 그건 말할 수 없는데."

"?"

식사를 다 하고 다시 넷이서 돌아다녔다. 그러는 동안 저녁매미가 울기 시작하고 태양의 기세도 약해져 갔다.

"그럼 난 슬슬 아줌마한테 갈게."

마히루는 유카타를 빌리기 위해 잠깐 축제에서 빠져나와 하루야마가로 향했다.

나도 슬슬 가게로 돌아가야 한다.

"그럼 7시에 여기서 다시 모이자."

미야가 제안했다. 7시라고 하면 이 축제의 메인이벤트인 불꽃놀이를 시작하는 시간이다.

"그렇네."

그렇게 우리는 일단 해산했고, 난 노점으로 돌아와 부지런히 노동에 종사했다.

그리고 오후 6시 30분 무렵.

"후우, 슬슬 오기 시작하나."

불꽃놀이를 보기 위해 온 손님이 늘기 시작했다. 보통 동네 규모의 축제인데 공원 안은 사람으로 북적였다. 미야 일행과의 약속까지 시간은 있지만, 슬슬 갈까.

텐트에서 나가려고 한 그때, 누군가가 내 옷을 잡아당겼다.

*

"유우 오빠, 안 오는데?"

불꽃놀이까지 5분 남았는데.

"그렇네."

"일이 바쁜 거 아냐?"

"내가 불러올게."

유우 오빠도 참.

내가 얼마나 이날을 기대하고 있었는지 알까.

하지만 아리츠키가의 텐트에는 아저씨와 아줌마밖에 없었다.

"어머, 미야."

아줌마는 한 손에 캔맥주를 들고 닭꼬치를 먹고 있었다.

"아줌마, 유우 오빠는?"

"유우? 아까 전까지 있었는데."

엇갈려버린 걸까. 하지만 여기에 올 때까지 유우 오빠랑 못 만났는데……

"응?"

그때, 땅이 유난히 젖어있다는 것을 알아차렸다. 마치 푹 젖은 상태로 누군가가 그곳을 걸은 것처럼……

난 미심쩍게 여기고 그 물의 흔적을 더듬어 갔다. 그 앞은 나무들과 정원수가 밀집되어 있는 구역이며 작은 숲처럼 되어 있다.

왜인지 꺅꺅 하는 아이들의 목소리가 들려왔다. 나무 그늘에서 살짝 상황을 살폈다.

"누구 있어── 푸학."

탄력 있는 뭔가가 내 얼굴에 직격했다.

"앗, 언니."

이 목소리는 미소라다.

"야, 미야, 괜찮아?"

유우 오빠도 있다.

"잠깐 잠깐, 뭐 하는 거야."

발치에 굴러다니고 있는 건 물이 빠진 물풍선. 이게 내 얼굴에 명중한 건가.

"미야 언니도 할래요?"

흠뻑 젖은 타츠키가 물었다.

"어?"

"물풍선 싸움이에요"라고 말하는 배이. 이쪽도 머리끝에서 발끝까지 흠뻑 젖었다.

"참고로 아까 맞힌 건 유우 씨야."

미소라가 말했다.

"그, 미야, 안 젖었어?"

"으, 응. 괜찮아. 가 아니라, 뭐 하는 거야 유우 오빠. 그렇게 다 젖어서는 정말."

"이야~, 미소라한테 불렸는데 왠지 그리워져서."

"이제 곧 7시야."

"벌써 시간이 그렇게 됐나."

"불꽃놀이 시작할 거야."

"미안 미안."

"자, 너희도."

"우린 좀 더 놀다가 갈 거니까 괜찮아."

아이들은 그렇게 말하고 다음 물풍선을 준비하기 시작했다.

"끝나면 전부 똑바로 정리해야 한다?"

"예~이."

"네."

"네에."

"오, 시작했네."

숲에서 나오자 펑 하고 큰 소리가 울렸다.

밤하늘에 큰 꽃송이가 그려졌다.

"오~, 예쁘다."

"벌써 시작됐잖아. 서두르자."

음식을 먹는 곳에 있는 둘과 합류했다.

"어~이, 유우 오빠."

"오, 마히루. 유카타로 갈아입었네."

"어때?"

"잘 어울려."

"헤헤."

마히루의 유카타는 빨간 바탕에 하얀 금붕어가 헤엄쳐서 풍류와 정취가 느껴졌지만, 가슴 주변이 엄청 답답해 보이는 건 내 기분 탓일까?

"자, 유우 오빠, 맥주."

아사카가 캔맥주를 유우 오빠에게 건넸다.

"오오, 고마워. 아니 근데 왜 이렇게 술이 많이 있어."

"아주머니가 유우 오빠에게 주는 거라고 가져와 줬어요."

"이렇게 못 마시는데. 아, 너희는 아직 마시면 안 된다."

"알고 있다니깐. 먹을 것도 많이 있어."

마히루가 말했다. 조금 전에 다 같이 먹을 것을 사러 갔던 것이다. 우린 비어있는 공간에 앉았다.

"웃차. 불꽃놀이가 예쁘네."

"정말이지, 유우 오빠는. 맨 처음 한 발은 넷이서 보고 싶었는데."

내가 그렇게 말하자 유우 오빠는 활짝 웃었다.

"진정해 진정해. 내년도 있으니까."

"……정말 유우 오빠는."

몇 번이나 꿈꾼 넷이서 보는 불꽃놀이. 먼 추억의 불꽃에 눈앞의 불꽃이 겹쳐졌다.

2

머리 위에서 불꽃이 만발했다. 그때마다 주위에서 탄성이 터져 나와 여름밤의 분위기를 고조시켰다.

"예쁘네~."

마히루는 부채로 부채질을 하면서 하늘을 올려다봤다. 평소에는 활발한 그녀도 부채를 한 손에 들고 유카타를 입고 있는 모습은 아리따워서 그림 같았다. 콜라 캔에 입을 대는 모습도 평소보다 요염한 느낌이 들었다.

"그래, 예쁘네."

"유우 오빠, 지금 마히루를 보면서 말하지 않았어?"

미야가 날 힐끗 째려봤다.

"어어? 바보야 그럴 리가 있겠냐."

"흐~음, 내가 안 예쁘다는 거구나."

마히루는 그렇게 말하고 고개를 숙여버렸다.

"아니, 그런 뜻이 아니라. 다들 유카타가 잘 어울려서 예뻐."

"크크크, 놀려봤을 뿐이야."

마히루는 웃음을 참는 듯이 입가를 부채로 가렸다.

"이 녀석……."

한 방 먹은 탓에 얼굴이 뜨거워졌다.

"유우 오빠, 받으세요."

아사카가 술을 따라줬다. 꼴꼴꼴 하고 맥주가 거품을 일으키면서 따라졌다.

"땡큐."

끊임없이 울려 퍼지는 통쾌한 파열음. 성대하게 핀 밤의 꽃은

파슬파슬 희미한 빛이 되어 흩어지고, 다시 새로운 불꽃으로 덮어씌워졌다.

"미야, 흐른다 흘러."

마히루가 소리쳤다. 미야가 들고 있던 아이스크림이 녹아 있었다. 그걸 알아차리지 못할 정도로 불꽃놀이에 열중하고 있었던 모양이다.

"와왓…… 세이프."

미야는 서둘러 흐른 곳을 핥았다.

"미야도 뭔가 마실래?"

"응, 그럼 보리차."

"자. 그렇지, 유우 오빠, 잠깐 괜찮아요?"

첫 번째 불꽃놀이가 끝났을 때 아사카가 말을 꺼냈다. 뭔가 표정이 진지하다.

"응?"

"실은 아까 둘에게는 얘기했는데."

아사카는 미야에게 보리차 캔을 건네고 내 옆에 톡 앉았다.

"뭐야 뭐야, 진지하게."

"아뇨, 그렇게 진지한 이야기는 아니에요. 다음 주쯤에 저희 별장에 놀러 가지 않을래요?"

다음 주, 8월 마지막 주다.

"괜찮은데. 아, 쇼난에 있는 곳 말이야?"

"네. 여름 방학도 얼마 안 남았으니까 다 같이 추억을 만들고 싶어서."

"그거 좋네."

바다가 보이는 별장에서 마지막으로 여름의 추억을 만드는 건가. 전에 아사카를 만나러 간 게 벌써 한 달 이상 전이구나. 그때는 산뜻한 초여름이었지만, 한여름에는 정취도 다를 것이다.

"그러고 보니 아직 넷이서 바다에는 안 갔었구나."

캠프, 수영장, 등산에 여름 축제 등, 여름을 만끽한 줄 알았는데 아직 주역이 남아있었다.

여름 하면 바다, 바다 하면 여름.

"좋네."

"거기 바다 엄청 예쁘단 말이지"라고 말하는 미야.

"유우 오빠는 전에 간 적 있었나?"

마히루가 물었다.

"어어. 여름 방학 전에 아사카를 보러 갔을 때. 그때는 하나요시 씨도 같이 있었는데——."

"별장? 나도 가고 싶어~."

그렇게 말하며 미소라가 끼어들었다. 물풍선 싸움은 끝났는지 쫄딱 젖은 티셔츠 차림이었다.

"아니, 미소라, 아직도 젖어 있잖아."

"괜찮아. 어차피 금방 마르니까. 그보다 아사카. 나도 가고 싶어."

"좋아. 미소라도 올래?"

"에, 괜찮아?"라고 말하며 미야가 인상을 썼다.

"와~."

"안 데려가도 돼~, 미소라는 시끄럽기만 하니까."

"시끄러운 건 언니잖아."

"뭐라고?"

"진정해, 미야. 미소라뿐만 아니라 아저씨랑 아줌마도 부를 예정이었으니까."

"어?! 아빠랑 엄마도?"

"응, 마히루네는 어때?"

"우리 집? 우리 집은 어떨려나~."

뭐야? 분명 캠핑하러 갔을 때처럼 넷이서만 가는 줄 알았는데 인원을 꽤 모을 생각인 것 같다.

"아사카, 우리만 가는 거 아니야?"

"네. 유우 오빠네 아저씨와 아주머니도 부디."

"우리 아빠랑 엄마도?"

"네. 사람이 많이 모이는 편이 더 즐거우니까요."

이거 규모가 커질 것 같다. 그 별장은 컸으니 인원 때문에 문제가 생길 일은 없을 거라 생각하지만.

"저기 저기, 아사카, 타츠키랑 메이도 불러도 돼?"

"애, 미소라, 버릇없게——."

"괜찮아"라며 아사카는 흔쾌히 승낙했다.

"와~."

미소라는 만세를 하고 타츠키와 메이가 있는 곳으로 달려갔다.

"괘, 괜찮아? 아사카?"

미야는 당황한 표정을 지었다.

"응."

아사카는 환하게 웃는 얼굴로 대답했다.

"뭐, 아사카가 괜찮다면 나도 괜찮지만."

"나중에 아저씨랑 아주머니하고도 얘기해봐."

"응, 알았어."

"오, 시작했어~."

마히루가 소리쳤다.

하늘에 다시 불꽃이 그려졌다.

두 번째 불꽃놀이가 시작됐을 때 지친 얼굴을 한 히카리가 찾아왔다.

"이야아, 힘들어라아."

"시모무라, 고생이 많네."

"정말, 오늘은 아침부터 여기저기 돌아다녀서 녹초가 다 됐어."

히카리의 아버지는 자치회장을 맡고 있고, 히카리도 이번 축제의 운영진으로서 각 노점을 돕거나 불꽃놀이 준비, 업자와의 협의 등으로 많이 바빴다고 한다.

"고생했네."

"고생하는 정도가 아니라니깐. 나중에 하는 빙고 대회의 사회도 해야 하는데."

"히카리 씨, 맥주 괜찮으세요?"

아사카가 나와 히카리 사이에 들어와서 컵을 히카리에게 건넸다.

"아사카 고마워~."

히카리는 아사카가 따른 맥주를 단숨에 다 마셨다.

"푸하아, 여고생이 따라주는 술을 받을 수 있다니 최고구만."

"아저씨 같아."

"시끄러, 아리츠키."

"우후후."

아사카는 두 잔째를 따랐다.

"저기 저기, 엄마"라며 타츠키가 히카리에게 달려들었다.

"왓, 왜 그래 타츠키…… 아니, 왜 그렇게 젖은 거야!"

"에헤헤, 아까 물풍선 싸움 했어."

"정말. 제대로 정리했어?"

"정리했어~. 있잖아, 아사카가 있지."

그렇게 별장 초대에 대한 화제를 꺼냈다.

"그래서 나랑 미소라랑 메이도 가도 된대."

"에에, 그러면 미안한데, 아사카."

"괜찮아요. 괜찮으시면 히카리 씨도 오실래요?"

"나도?"

"사람이 많은 편이 재밌으니까요."

"에~, 으~음."

두 잔째 술을 마시면서 히카리는 고민하는 모습을 보였다.

"엄마~, 가도 되지~?"

타츠키가 어머니의 어깨를 흔들었다. 그 뒤에서 미소라와 메이는 Swi○ch로 놀고 있었다.

"어어?! 왜 거기서 급소에 맞는 거야?"

"헤헷~. 한 마리 남았다."

조금 떨어진 곳에서는 어머니와 아버지가 하루야마 부부와 즐겁게 대화를 나누면서 서로 술잔을 주고받고 있었다. 여러 곳이 왁자지껄 활기차지만 이런 일체감이 느껴지는 소란스러움은 왠지 편안하다.

"있잖아, 바다에서 바비큐 하자."

마히루가 말했다.

"수영복도 가져가자."

미야가 말했다.

"나중에 모두 시간이 되는 날을 가르쳐줘."

아사카는 온화한 웃음을 지었다.

여름의 마지막에 다 같이 바닷가의 별장에 짧은 여행을 가는 건가. 이건 좋은 추억이 될 것 같다.

3

"나이스 서브."

체육관에 충만한 소녀들의 열기와 성원. 코트를 오가는 공과 신발이 바닥과 스치는 소리.

"좋아, 기합 넣고 가자."

"네~."

오늘도 아침부터 연습이다.

어젯밤에는 늦게까지 여름 축제를 즐겼지만 놀 때와 아닐 때의 전환은 똑바로 해야 한다.

공을 향해 팔을 휘두르는 감각, 손에 남는 짜릿함, 역시 난 배구를 좋아하는구나.

그렇게 저녁까지 열심히 연습했다. 샤워를 하고 운동복으로 갈아입고 부실로 가는 도중에 감독에게 불렸다.

"이봐, 류샤쿠."

체육관 입구에서 감독이 손짓해서 부르고 있었다.

"잠깐 와봐."

"네~."

뭘까.

종종걸음으로 갔다.

"무슨 일이죠?"

"잠깐 와줘. 시간은 많이 안 빼앗을 테니까."

"네에."

무슨 일인지 잘 모르는 채로 감독의 뒤에서 걸었다. 나 혼자만 불러낸다는 건 회의는 아닌 것 같다. 오늘 연습에서 신경 쓰이는 점이 있었던 걸까. 하지만 그것 때문이라면 굳이 장소를 바꿀 필요도 없을 텐데.

이윽고 우리는 연결복도를 빠져나와 교사 안으로 들어갔다.

"여기다."

그렇게 말하고 감독이 들어간 곳은 응접실이었다. 푹신푹신한 빨간 융단에 까맣게 윤이 나는 소파. 냉방이 적당히 돼있어서 쾌적했다.

조심조심 안으로 들어가니, 그곳에선 이미 두 남자가 소파에 앉아 기다리고 있었다.

선이 가는 초로의 남자와 머리가 희끗희끗하고 통통한 중년 남자. 당연히 둘 다 모르는 얼굴이다.

우리가 방에 들어가자 두 사람 모두 일어나서 웃음을 지었다.

"안녕하세요. 처음 뵙겠습니다."

"처음 뵙겠습니다."

"어, 안녕하세요."

난 일단 가볍게 인사했다.

맞은편 소파에 감독과 나란히 앉아 두 사람에 대해 소개받았다.

"이 분들은 쿠마모토 엠프레스의 카노 씨와 요시무라 씨. 류샤쿠에게 중요한 이야기가 있다고 한다."

두 사람에게 명함을 받았다. 초로의 남자가 카노, 중년이 요시무라라고 한다.

"쿠마모토 엠프레스라뇨……?"

"V리그야. 오늘 연습을 쭉 보고 있었어."

그러고 보니 가끔 남자 두 명이 체육관 구석에 있었던 것 같은데.

"저기, 이신 혹시……."

"잘됐구나. 프로 리그에 스카우트되다니."

"하핫, 리그 전체로 보면 아직 세미 프로지만요."

카노 씨가 어색하게 웃었다.

"그."

너무 갑작스러운 일이라 내 뇌는 누가 흔든 것처럼 혼란스러 웠다.

스카우트?

내가?

"아니, 무슨 뜻이에요?"

"말 그대로의 뜻이야"라며 요시무라 씨가 말했다.

술 때문에 쉰 목소리다.

"2년 전의 인터하이 때부터 마히루를 주목하고 있었어. 1학년 이지만 윙 스파이커로서 펼친 노도와 같은 활약. 작년엔 조금 아 쉬웠지만 올해의 고등학교 선수권 대회에서도 존재감이 빛났지."

작년에는 힘이 모자라 어떤 대회에서도 결과를 내지 못했다. 그런데도 스카우트의 눈에 들다니, 운이 좋다.

"아하하, 감사합니다."

기쁜 마음과 당황스러운 마음이 반반이다.

진로는 이미 가고 싶은 길이 반쯤 정해져 있었지만, 실업팀에 스카우트되는 건 일생에 한 번 있을까 말까 한 기회다. 이야기 를 들어보기만 한다면 괜찮을지도 모른다.

"우리는 쿠마모토현 쿠마모토시의 베어즈 전자라는 회사가 운 영하고 있는데——"

"쿠, 쿠마모토요?!"

"야 야, 처음에 말씀하셨잖아."

감독이 옆에서 주의를 줬다.

"그랬나요, 죄송합니다."

"그리고 잘됐네. 쿠마모토는 어머님의 고향이지?"

"그건, 그런데요."

"그거 잘됐네."

요시무라 씨는 카하하 하고 웃었다.

"마히루처럼 재능이 있고 귀엽고 젊은 애는 인기가 있을 거야. 돋보이니까. 우리 팀에서 견실하게 경험을 쌓으면 장래에는 일본 대표로 선발되는 것도 충분히 가능성 있어."

"아하하."

난 억지웃음으로 답했다. 이 요시무라라는 남자, 아까부터 이따금씩 내 가슴을 힐끔거리고 있다.

"그리고 우리 팀에는 류샤쿠의 선배도 있고."

"······예에."

"하나야마 코하루. 알고 있지?"

"네에······ 아."

우리 여자 배구부의 선배이고 일본 대표로도 선발된 하나야마 코하루는 큐슈의 팀에 소속되어 있다고 들었는데, 설마 그 팀이 쿠마모토 엠프레스였을 줄이야.

카노 씨가 쉰 목소리로 말했다.

"지금 당장 정해달라는 이야기는 아닙니다. 오늘은 정식으로 타진하러 온 것이고, 류샤쿠 씨의 장래의 선택지 중 하나로 더해주셨으면 좋겠습니다. 요시무라 군."

"네. 그럼 우선 팀에 대한 설명부터 할까. 우리 팀은 발족한 지 15년——."

카노 씨와 요시무라 씨가 설명하는 동안, 난 한 가지 일에만 정신이 팔려서 이야기한 내용은 머리에 거의 들어오지 않았다.

이야기가 끝나고 귀로에 올랐다.

초등학교 6학년 때부터 시작한 배구. 콤플렉스였던 큰 키를 살릴 수 있어서 금방 빠져들었다. 공을 치는 건 기분 좋고, 상대의 스파이크를 블록하는 것도 즐겁다.

텔레비전 화면 속에서 활약하는 일본 대표 선수들은 동경의 대상이었다.

하지만…….

쿠마모토, 인가.

엄마가 태어난 고향이라 나도 지금까지 몇 번이나 귀성한 적이 있어서 나에겐 제2의 고향 같은 곳이다.

다만 쿠마모토의 팀에 들어간다는 건 생활도 그곳에서 해야만 하는 것이고, 그렇게 되면 당연히……

내 발은 무의식중에 〈문 나이트 테라스〉로 향하고 있었다.

"오오 마히루, 부활동 끝나고 오는 길이야?"

가게에 들어가자마자 유우 오빠가 맞이해줬다.

"응."

"뭐야, 왠지 기운이 없네."

"아니거든. 피곤할 뿐이야."

"그럼 오늘은 든든한 거라도 먹으러 갈까."

"……응."

"자, 콜라."

"고마워."

익숙한 콜라를 한 모금 마셨다. 단맛과 함께 어째서인지 쓴맛을 느낀 듯했다.

"있잖아, 유우 오빠."

"엉?"

"아, 아니, 아무것도 아니야."

"그래?"

이 시점에 내 안에서 답은 거의 정해져 있었다. 겨우 손에 넣은 유우 오빠가 있는 일상. 그걸 놓아버리면서까지 배구를 계속하고 싶지는 않다.

"응, 아니지."

"무슨 소리야?"

"헤헷, 아무것도 아니야."

이제 후회하며 눈물을 흘리는 건 싫다. 인생은 하고 싶은 것을 하고 후회 없이 살아야지.

건방진 꼬맹이는 속이고 싶어

1

"어어이, 유우 오빠."

"유우 오빠."

"우와앗."

문이 힘차게 열리고 마히루가 뛰어 들어왔다. 그 뒤에는 아사카의 모습도 있었다. 난 독서를 멈추고 마히루가 있는 쪽으로 몸을 돌렸다.

"너희냐. 갑자기 뭐야."

"오늘은 미야네 집에서 놀 거야."

"놀아요."

"알았으니까 옷 잡아당기지 마."

"뭐 읽고 있었어?"

마히루는 내 손을 들여다봤다.

"우와, 글자밖에 없어."

"작아요."

"추리소설이야."

"그렇게 글자밖에 없는 걸 읽는데 재밌어?"

"글자밖에 없어서 상상이 펼쳐지는 거거든."

"무조건 만화가 더 재밌을 거야."

"마히루――."

아사카가 마히루의 귓가에 뭔가 속삭였지만 듣지 못했다.

"잘 들어라, 소설이란 건 말이다, 자신의 뇌가 글자를 영상으로 변환하는――."

"그런 건 아무래도 좋으니까."

"빨리 가요."

"너희가 물어봤으면서."

이거야 원.

오늘은 드물게도 꼬맹이들이 놀러 안 와서 조용히 독서를 하면서 지낼 수 있을 줄 알았는데. 긴소매 셔츠에 반바지로 보이시한 모습을 한 마히루는 우당탕탕 부산하게 계단을 내려갔다.

"빨리빨리~."

"뛰어주세요."

"유난히 들떠있네."

그렇다기보다는 뭔가 서두르고 있는 것 같은데……?

"마히루, 아사카, 콜라 가져가~."

"고마워~, 아줌마."

"감사합니다."

"유우 오빠, 들어줘."

"예 예."

어머니에게 페트병에 든 콜라 세 개를 받아서 가게에서 나왔다.

그리고 우리는 이웃집인 하루야마가로.

주차장에 미니밴이 없는 걸 보니 미쿠 씨는 외출한 모양이다. 시간을 생각하면 장을 보러 간 걸까.

"실례하……!"

안에 들어가자마자 엄청난 광경이 눈에 들어왔다.

온몸의 핏기가 한 번에 가셨다.

계단 바로 아래에 미야가 앞으로 쓰러져 있었다. 갈색 머리카락 일부가 빨갛게 물들었고 칙칙한 피 웅덩이가 바닥에 퍼져있었다.

"어? 이봐, 미야?"

"꺄악~."

"꺄악~."

마히루와 아사카가 동시에 소리를 질렀다. 그 비명을 듣고 난 콜라를 내던지고 미야 곁으로 달려갔다.

"미야, 괜찮아?"

대답은 없다.

계단에서 굴러떨어졌나?

이런 때에는 섣불리 움직이지 않는 편이 좋다.

먼저 경찰…… 이 아니라, 구급차를 불러야 한다. 손이 떨려서 생각대로 스마트폰을 조작할 수 없었다.

최악의 상황이 뇌리를 스쳤다. 지금까지의 미야와의 추억이 주마등처럼 떠올랐다가는 사라졌다.

아기였던 미야를 처음으로 안았을 때의 두근거림. 철이 들어 내 뒤를 따라다니게 되고, 그리고 건방진 꼬맹이로 크고…….

"미야, 괜찮아. 바로 구급차를 부를 테니까······."

내가 그렇게 중얼거리는 것과 거의 동시에,

"푸흡, 푸크크큽."

미야의 몸이 작게 떨렸다.

"어? 미, 미야?"

미야는 태연하게 일어났다.

"너, 일어나도 괜찮아?"

"아무렇지도 않아~."

얼굴의 왼쪽 절반을 새빨갛게 물들인 미야는 그 자리에서 한 바퀴 빙글 돌아 보였다. 크게 다친 것처럼 보이지는 않았다.

"뭐, 뭐야? 어떻게 된 거야?"

상황이 전혀 이해되지 않았다.

미야가 무사해서 다행이지만, 이건 대체······.

그때 누군가가 내 어깨를 쳤다.

돌아보니 마히루와 아사카가 히죽거리면서 어떤 것을 보여줬다. 그건 종이상자로 만든 플래카드였고 색종이를 잘라 붙여 만든 글자가 적혀있었다.

'대성공'

"어?"

"짜자잔~."

"짜자잔~."

"짜자잔~."

세 명은 소리 맞춰 말했다.

"걸렸다~."

미야는 만세를 했다.

"유우 오빠도 한참 멀었네."

"유우 오빠, 깜짝 놀랐어요?"

이, 이 꼬맹이 놈들. 날 속였구나.

"깜짝 놀랐어요? 가 아니라고. 너희들 뭐 하는 거야."

"몰래카메라야."

마히루는 플래카드를 팔랑팔랑 흔들었다.

"어제 텔레비전에서 했어요."

"몰래카메라라고?"

"속은 사람 그랑프리라는 프로그램."

그러고 보니 어젯밤에 그런 몰래카메라 특집을 방송했었지.

"저기저기, 깜짝 놀랐어~? 진짜 죽은 줄 알았어~?"

"미야, 그 빨간 건 뭐야?"

"이거? 케첩이야."

이 바보, 옷에까지 빨간 얼룩을 묻혔다. 이건 미쿠 씨가 돌아오면 야단을 맞을 거다. 그건 그렇고 몰래카메라 방송에 영향을 받아서 실제로 해보는 행동력과 무모함이 무섭다. 다시금 이 녀석들이 건방진 꼬맹이라는 걸 인식했다.

설마 인생을 살면서 몰래카메라를 당하는 날이 올 줄이야. 아직도 조금 두근두근 한다고.

"미야, 빨리 욕실에 가서 그거 지우고 와. 마히루랑 아사카는 청소를 도와. 미쿠 씨가 돌아오기 전에 치우지 않으면 분명 혼

날 거야.”

“네~.”

“네~.”

“네~.”

미야는 욕실로 향했다.

“나 참, 심장에 안 좋다고.”

걸레로 바닥의 피 웅덩이—— 케첩을 닦았다. 찬찬히 관찰해
보니, 확실히 이건 케첩이다. 점도가 있고 색도 너무 선명하다.
몰래카메라라는 걸 알고 보면 전혀 피로 안 보인다.

깜짝 놀라서 오인해버린 건가. 쓸데없이 공을 들이고 있어.

“유우 오빠, 수건 줘~.”

욕실에서 미야의 목소리가 들렸다.

“잠깐만 기다려.”

미야의 방에 가서 배스타월을 들었다.

“자. 응?”

탈의실에 미야의 모습은 없었다. 욕실에 있나 싶었지만 거기
에도 없었다.

“미야?”

끄덱.

“왓.”

“우왓.”

뒤에서 미야가 튀어나왔다. 문 뒤에 숨어있었던 모양이다. 몸
도 안 닦고 온몸이 쫄딱 젖은 그대로였다.

"짜자잔~."

"짜자잔~."

그리고 마히루와 아사카가 문에 서서 그 플래카드를 들었다.

"아하하하하, 놀랐지."

"됐으니까 빨리 몸 닦아."

난 미야의 얼굴에 수건을 덮었다.

"헤헤."

그렇게 기세를 탄 꼬맹이들은 계속해서 나에게 몰래카메라 장난을 쳤다.

"유우 오빠, 껌 먹을래요?"

아사카가 껌을 건넸다.

어느 정도 예상은 됐지만, 난 조심조심 껌에 손을 뻗었다.

뽑자마자 찰싹 하고 경쾌한 소리가 울렸다.

"아야!"

덫에 엄지가 끼었다.

"짜자잔~."

"짜자잔~."

"짜자잔~."

*

"유우 오빠, 이 상자 열어봐."

미야는 양손에 하얀 상자를 얹고 있었다.

셋의 기대에 찬 시선이 나에게 모였다.

"싫어."

"열어줘~, 무조건 괜찮으니까."

괜찮다고 말하는 것부터가 안 괜찮은 거잖아.

"저기 있잖아, 부탁이야. 평생의 부탁."

"네 평생의 부탁은 열 번 이상 들었다고. 어쩔 수 없구만."

안 좋은 예감이 들었지만 난 그걸 열어봤다.

——그러자,

"우와앗!!"

놀라서 힘이 풀렸다.

안에는 까맣게 윤이 나는 악마가 숨어있었다.

"짜자잔~."

"짜자잔~."

"짜자잔~."

"참고로 이건 피규어야."

미야가 집어들었다.

"빨리 넣어."

"유우 오빠, 이거 먹어도 돼."

마히루가 슈크림을 접시에 담았다.

"필요 없어."

"맛있다고, 슈크림."

"그럼 마히루한테 줄게. 먹어도 돼."

"에, 시, 싫어, 난 이미 먹었으니까……."

"맛있으니까 먹어."

"맛있어요."

미야와 아사카가 옆에서 끼어들었다. 미야는 손을 뒤에 두고 플래카드를 준비하고 있었다.

표정부터 기대하는 걸 숨기지 못했다. 할 거면 더 잘 해보라고. 벌써 와사비가 튀어나와 있다고!

"아~, 젠장. 어쩔 수 없구만."

난 되도록 바깥쪽의 빵을 작게 베어 먹었다.

그 순간, 입안이 폭발했다.

"크아아아아아아아아악."

"짜자잔~."

"짜자잔~."

"짜자잔~."

2

"이야~ 재밌었어."

"유우 오빠는 정말 잘 속네~."

"유우 오빠, 재밌었어요?"

재밌을 리가 없잖아. 까불고 있어, 건방진 꼬맹이 놈들이.

……그렇지.

내 머리에 뭔가 번뜩였다.

"슬슬 다른 놀이 하자~."

미야가 제안했다.

"게임하자, 게임"이라고 말하는 마히루.

"크크큭. 잠깐 집에 한번 돌아갈 거야."

"왜?"

마히루가 물었다.

"잊어버린 게 좀 있어서."

"뛰어서 다녀와."

미야가 게임할 준비를 하면서 말했다.

"그래."

난 집으로 돌아가 옷장에서 어떤 물건을 찾았다. 어렸을 때 가지고 놀던 장난감은 분명 이쯤에 모아뒀을 텐데……

"찾았다 찾았다."

그리고 난 서둘러 주방으로 갔다. 건방진 꼬맹이 놈들, 실컷 사람을 바보 취급했겠다. 이번엔 내가 몰래카메라 장난을 쳐주마.

"후우, 오래 기다렸지."

"늦잖아."

"미안 미안."

"유우 오빠, 자, 컨트롤러."

아사카가 옆에 앉았다.

"땡큐."

"그래 맞아, 실은 집에서 이런 걸 찾았는데."

난 주머니에서 그 물건을 꺼냈다.

"꺅, 나이프인가요?"

아사카가 가냘픈 목소리를 냈다.

그건 장난감 나이프였다. 칼끝을 누르면 칼자루 안으로 수납되는 장치가 있어서 찌르는 흉내를 내며 놀 수 있다.

"안심해, 아사카. 저건 장난감이야. 깜짝 놀라게 하려고 해도 그렇겐 안 될 거다."

마히루는 그렇게 말하고 코웃음 쳤다.

"뭐야, 알고 있었나. 자."

"꺅, 어라? 안 찔리네요."

아사카의 위팔을 찌르자 칼날은 스르륵 하고 칼자루 안으로 들어갔다.

"그치."

"나도 줘~."

"자."

꼬맹이들은 새 장난감이 흥미진진한 듯했다. 얼마 안 있어 예상대로 나이프를 나에게 겨누기 시작했다. 좋아 좋아, 좋은 전개다.

"에잇, 에잇."

"미야, 다음엔 나도."

"자."

"아하하하하."

아사카는 웃으면서 내 등을 마구 찔렀다. 좋아, 이제 그곳에 명중하면.

크크큭.

오른쪽 옆구리에 가짜 피가 든 작은 주머니를 넣어뒀다. 나이프로 찌른 순간, 가짜 피가 틈새로 나오는 구조다. 케첩과 커피를 섞어서 만들었기 때문에 색조가 꽤 리얼하다.

자, 찔러라.

그리고 튀어나오는 가짜 피에 경악해라.

"에잇, 에잇."

좀처럼 명중하지 않네. 몸의 각도를 조금 틀어줄까.

그때,

"아사카, 그렇게 세게 하면 유우 오빠가 아프잖아."

마히루가 조금 강한 어조로 주의했다. 아사카는 그 말을 듣고 살짝 욱했다.

"마히루도 항상 유우 오빠를 때리잖아."

"난 괜찮아."

"그게 뭐야."

"야 야, 너희들 사이좋게……."

"아사카가 잘못했잖아."

"마히루도."

달래려고 했지만 둘은 듣지 않았고, 이윽고 맞붙어서 싸우기 시작했다.

"그만해, 싸우지 말라니깐."

평소에 자매처럼 사이가 좋은 만큼 이 녀석들이 싸우는 걸 보는 건 이게 처음이었다.

"바보야!"

"바보라고 말한 사람이 바보거든."

"아, 아사카도 바보라고 했어."

"뭐어? 뭐라는 거야."

"그만해."

사이에 들어와서 둘을 떼어놓으려고 시도한 그때,

"그만하라니깐, 어?"

시야에 미야가 들어왔다. 플래카드를 손에 들고 몸을 부들부들 떨고 있었다.

"푸흐흡, 유우 오빠, 또 속았어."

"또? 헉!"

서, 설마.

바닥을 이리저리 뒹굴던 마히루와 아사카도 품 하고 웃음을 터뜨렸고, 곧 크게 웃기 시작했다.

"아하하하하."

"에헤헤헤헤헤."

둘은 일어나서 사이좋게 손을 잡았다.

"아사카, 안 아팠어?"

"응, 괜찮아."

"너, 너희들, 또 속였구나……."

내가 집에 돌아간 틈에 짠 건가.

"짜자잔~."

"짜자잔~."

"짜자잔~."

큭, 완패다.

건방진 꼬맹이와 군고구마

가을 하면 무엇을 떠올릴까.

스포츠의 계절?

독서의 계절?

습도와 열기에 방해를 받지 않고 산뜻하고 쾌청한 가을날에 하는 운동의 상쾌함. 곤충들이 연주하는 음색에 귀를 기울이며 긴 가을밤에 책을 읽는 것도 좋다.

기온도 내려가 쾌적하게 지낼 수 있는 이 계절. 무엇을 해도 즐겁다. 스포츠나 독서도 좋지만 역시 식욕이지 않을까.

들은 바에 의하면, 그건 과학적으로도 증명되었다고 한다.

여름이 끝나고 일조 시간이 적은 가을이 되면 햇볕을 쬠으로 써 분비되는 세로토닌이라는 뇌내물질이 부족해진다. 이 세로토닌이라는 물질은 먹는 것으로 빠르게 분비시킬 수 있다고 하며, 인간은 세로토닌 결핍 상태가 되면 식욕이 증가한다고 한다.

그걸 제외한다고 해도 가을엔 맛있는 것이 넘쳐난다.

꽁치, 송이버섯, 잎새버섯, 가을 가다랑어, 밤과 가을 연어, 그리고 고구마……

어라?

아무래도 건방진 꼬맹이들도 식욕의 계절을 즐길 생각인 것 같군요.

고구마를 잔뜩 들고⋯⋯.

*

가을이라고 하면 역시 독서의 계절일 것이다.

난 거실의 코타츠에 들어가 미스터리 문고본을 읽고 있었다.

따뜻한 공간에서 따뜻한 커피를 마시면서 마음껏 책에 몰두한다. 그것이 올바른 가을의 휴일을 보내는 방법이다. 그보다 슬슬 겨울도 가까워져서 밖은 완전히 추워졌다.

역시 이런 날에는 실내에서 따뜻하게 지내는 게 최고다. 난 우유를 많이 넣은 커피를 마시고 페이지를 넘겼다. 하지만 그런 평화로운 시간이 오래 이어질 리가 없었고——.

"⋯⋯!"

우당탕탕 하는 발소리가 들린다. 이거야 원, 그 녀석들이 왔나.

"유우 오빠."

"유우 오빠."

"유우 오빠."

"뭐야 너희들, 그렇게 서두르고——."

미야가 들고 있는 것을 본 순간, 내 등골에 오한이 들었다.

"니히히히히."

"야, 미야, 그건 뭐야, 뭐 하러 온 거야!"

미야의 팔보다 두껍고 얼굴보다 길었다. 탄탄하게 젖혀진 적자색 악마. 고구마다. 하반신에 그 강렬한 아픔이 떠올랐다.

저 크기, 틀림없다. 저건 전에 나에게 박혔던 고구마다.

"이거? 고구마잖아."

"히익, 그만해, 끝부분을 이쪽으로 향하지 마."

억지로 열리는 듯한 그 압박감이 되살아났다.

"괜찮다니깐, 이젠 안 넘어지니까."

말은 그렇게 하면서도 미야는 조금 무거운 듯했다. 위태로워서 보고 있을 수가 없다.

"유우 오빠, 오늘은 고구마를 구울 거예요."

아사카가 내 옆에 와서 손을 잡아당겼다.

"코타츠에서 나와."

마히루가 반대편에 왔다.

이 둘은 고구마를 안 들고 있으니 일단 안심이다.

"고구마를 굽는다고?"

"숙성이 끝났으니까 먹어도 된다고 아줌마가 말했어."

마히루가 설명했다. 고구마는 수확하고 바로 먹는 것보다 일정 기간 숙성하는 편이 단단해진다고 한다.

"알았어, 알았다고."

"난 미야와 마주 본 상태로 일어나 벽에 등을 붙였다.

"뭐 하는 거야, 유우 오빠."

"유우 오빠, 스파이 같아요."

"됐으니까 너희부터 먼저 가."

그렇게 꼬맹이들을 먼저 계단으로 유도했다. 난 벽에 등을 밀착시킨 채로 살살 그 뒤를 따라갔다.

테라스석으로 나왔다.

"오오, 추워."

가을바람은 이미 겨울의 한기를 품고 있어서 몸이 잔뜩 움츠러들었다.

"아줌마, 유우 오빠 데려왔어."

어머니는 테라스석의 오른쪽 끝에 있었다. 무엇을 하고 있나 싶었는데, 화로대를 준비하고 있었다.

"아, 유우 왔어?"

"오~, 따뜻하다."

망 아래에서 숯이 빨갛게 타고 있었다. 손을 대니 따뜻했다.

테이블 위에는 고구마와 알루미늄 포일, 신문지 다발 등이 놓여있었다. 발치에는 물이 잔뜩 든 양동이가.

"아줌마, 어떻게 구워?"

"아, 마히루, 그대로 올리면 안 돼. 우선은 신문지로 감싸고."

"이렇게?"

셋은 신문지로 고구마를 감싸기 시작했다.

"아, 이 큰 건 유우 오빠 거야."

생각났다는 듯이 미야가 그 거대 고구마를 나에게 건넸다.

"제일 큰 걸 내가 받아도 돼?"

"으, 응."

"잘됐네, 유우 오빠."

"부, 부러워요~."

"?"

손으로 들어보니 묵직하고 딱딱했다. 바나나처럼 젖혀져 있고 표면은 울퉁불퉁. 기껏해야 고구마인 주제에 심상치 않은 존재감을 드러냈다. 이런 게 박혔는데 내 엉덩이는 용케도 무사했구나.

"아줌마, 끝났어."

미야가 말했다.

"그럼 다음은 거기 양동이에 있는 물에 풍당 담가."

"엑, 적시는 거야?"

마히루가 깜짝 놀라서 소리쳤다.

"굽는 거 아니에요?"

"괜찮아 괜찮아."

어머니는 신문지로 감싼 고구마를 물에 적셨다. 그걸 보고 꼬맹이들도 쭈뼛거리며 양동이에 고구마를 넣었다. 그리고 시들시들해진 신문지 위로 알루미늄 포일로 한 번 더 감쌌다.

"하고 나면 이번에는 알루미늄 포일로 감싸고——."

그리고 ~~사적에 적셔들며 구운 배 습기~ 습반해서 인에서 피는 상태가 되는 건가.

"다 됐어?"

"다 됐어~"

"다 됐어!"

"다 됐어요."

"그럼 이제 굽는다~."

어머니는 집게를 써서 망 위에 고구마를 늘어놓았다. 꼬맹이들은 그 모습을 설레는 눈으로 지켜봤다.

"얼마나 구워?"

미야가 물었다.

"음, 대충 30분 정도려나. 그럼 난 일하러 돌아갈 테니까, 유우, 뒷일은 맡길게."

"네 네."

난 어머니에게 집게와 목장갑을 받고 구이 담당으로 취임했다. 우린 쪼그려 앉아서 화로대를 둘러쌌다.

"유우 오빠, 아직이야?"

"미야, 아직 5분밖에 안 지났어."

"뭔가 추워지기 시작했어."

마히루는 팔꿈치를 안고 몸을 떨었다.

오늘은 특히 춥다. 맑긴 하지만 부는 바람은 차갑고 공기도 건조했다. 아무리 불을 에워싸고 있다고는 해도 추운 날에 장시간 가만히 있는 건 괴롭다.

강한 바람이 불어왔다.

"엣취, 유우 오빠, 뒤는 맡길게."

그렇게 말하고 마히루는 일어섰다.

"어어?"

"다 되면 불러줘."

"잠깐 기다려 인마."

"미야, 아사카, 게임하자."

"응."

"응."

그렇게 건방진 꼬맹이들은 가게 안으로 들어갔다.

"저 건방진 꼬맹이 놈들……."

너희가 군고구마 먹고 싶다고 말을 꺼냈잖아. 그런데 다른 사람한테 맡겨놓고 자기들은 따뜻한 실내에서 완성되는 걸 기다린다고?

팔자 한 번 좋구나.

언젠가 천벌을 받을 거다.

"나 참."

난 혼자 계속해서 고구마를 굽게 되었다. 굽기 시작한 지 15분 정도 지나서 뒤집어서 반대쪽을 구웠다. 가끔 따닥따닥 하는 소리가 났다.

그건 그렇고 군고구마는 오랜만이구나.

컵스카우트에 소속되어 있었을 때 하이킹을 마무리하면서 후지강의 하천 부지에서 군고구마를 만들었던가.

이제 됐나.

난 군고구마를 테이블 위에 있는 접시에 옮기고 불을 껐다.

"앗 뜨거, 앗 뜨거."

알루미늄 포일을 벗기자 전체가 새까맣게 타있어서 너무 많이 구웠나 걱정이 됐지만, 신문지가 탔을 뿐이라는 걸 알아차렸다.

까맣게 탄 부분을 털어내고 반으로 갈라봤다.

"오오."

속은 노란색과 오렌지색의 중간색. 마음이 놓이는 달콤한 향기가 김과 함께 피어올랐다.

"맛있겠다."

그 녀석들을 부르기 전에 제일 먼저 먹을까. 이 엄청나게 추운 날에 구이 담당을 했으니 그 정도 혜택은 있어야지.

그때, 낯익은 얼굴이 마침 가게 앞을 지나갔다.

"어라? 아리츠키."

"뭐야, 시모무라인가."

히카리였다. 하얀 스웨터에 빨간색과 검은색 체크무늬 미니스커트로 따뜻한 건지 추운 건지 알 수 없는 복장이었다.

"어라아, 뭐야 뭐야."

"군고구마야, 보면 알잖아."

"흐음."

히카리는 가만히 내 손을 바라봤다.

"흐~음."

"……먹을래?"

"그래도 돼?!"

"눈이 내놓으라고 말했다고."

"에헤헤."

반으로 나눈 군고구마를 히카리에게 줬다.

"우와아, 맛있겠다. 아리츠키가 구운 거야?"

"꼬맹이들이 구워달라고 해서 굽고 있었어."

"여전히 잘 돌봐주네."

"그런 거 아니라니깐."

"잘 먹겠습니다~."

나도 먹을까.

고구마를 덥석 물었다. 입안 가득 따뜻한 단맛이 퍼지고 몸이 따뜻해졌다.

"맛있다~!"

"내가 했지만 잘 구웠네."

"그건 그렇고 이 고구마 크네."

그때,

"앗, 유우 오빠, 다 됐으면 불러야지~!"

마히루가 테라스석으로 나왔다.

"미야, 아사카, 다 됐어~."

뒤늦게 두 사람이 왔다.

"어라, 히카리다"라고 말하는 마히루.

"여."

히카리는 한 손을 들고 인사했다.

"먼저 먹고 있었어."

"어라, 히카리, 그건 혹시."

미야의 얼굴이 파랗게 질렸다.

"혹시 유우 오빠의 고구마를 받았나요……?"

아사카도 표정이 굳었다.

"에? 왜? 먹으면 안 되는 거였어?"

히카리는 마지막 한 조각을 입에 넣었다.

"그치만 그건."

"?"

셋은 서로의 얼굴을 마주 봤고, 미야가 말하기 곤란하다는 듯이 입을 열었다.

"유우 오빠의 엉덩이에 들어갔던 건데?"

"푸학."

히카리는 고구마를 뿜었다.

"아니 잠깐 미야, 말은 똑바로 해."

들어갔던 게 아니라 네가 찔렀잖아. 애초에 바지에 막혀서 안에는 안 들어갔어!

"아리츠키?"

"아니야, 오해야. 미야가 넘어졌을 때——."

"고구마로 대체 뭘……?"

"말 좀 들어봐."

"잘 먹겠습니다~."

"잘 먹겠습니다~."

"잘 먹겠습니다~."

"너희들, 고구마 먹기 전에 내 오해를 풀어."

"자, 잘 있어…… 아하하."

"아니야아아아아아아아."

＊

그 후, 다시 경위를 설명해서 오해는 풀렸다.

1

창문으로 흘러들어오는 바닷바람. 끝없이 이어지는 바다. 향기로운 해변의 향과 눈부신 태양.

"우오오오, 기분 좋네."

조수석에 앉은 마히루가 말했다.

"미야, 일어나. 바다가 보여."

"으음."

뒷자리에는 미야와 아사카가 앉아있었고, 아사카가 잠든 미야를 깨웠다.

"음, 벌써 도착했어?"

"조금만 더 가면 돼."

"흐아암."

우린 쇼난에 있는 겐도지가의 별장에 가고 있다. 여름 축제 날 밤에 아사카에게 초대를 받았는데, 상당한 인원이 모였다. 앞에는 아버지의 수프라, 그리고 뒤에는 하루야마가의 미니밴이 우리를 사이에 두고 달렸다.

먼저 나, 미야, 마히루, 아사카 넷에 더해서 나의 부모님, 그리고 하루야마 일가와 시모무라 모녀에 메이. 총 12명이나 되는 대규모 그룹이다. 아사카는 이 외의 사람도 불렀지만 결국 갈 수 있는 사람은 이 12명뿐이었다. 참고로 히카리와 타츠키, 메이 세 명은 하루야마가의 미니밴에 타있다.

"빨리 수영하고 싶다~."

마히루는 반짝이는 눈으로 옆에 있는 해변을 바라보고 있었다.

이번에 가는 별장에는 한 달 반 정도 전에 한 번 갔다. 10년 만에 아사카와 재회하고 하나요시 씨를 포함해서 셋이서 즐거운 시간을 보냈지. 그런가, 그 뒤로 벌써 한 달 반이나 지났나.

'잠시 후, 좌회전입니다. 앞쪽에 커브입니다.'

내비게이션의 안내를 따라서 숲 쪽으로 꺾었다. 좌우에 나무들이 있는 구불구불한 언덕길을 오르길 몇 분, 이윽고 시야가 트였다.

펜션풍의 큰 2층 건물이 우릴 맞이해줬다. 차고에 차를 대고 밖으로 나왔다.

"드디어 도착했다아."

마히루가 기지개를 쭉 폈다. 그때 티셔츠가 당겨져 배꼽이 살짝 보였다.

활기찬 매미의 합창이 주위의 나무들에서 새어 나왔다. 주변에서 나는 삼림의 풍성한 향기와 바다의 향기가 섞여 다른 세상에 있는 듯한 기분이었다.

"우와~, 굉장하다!"

"아까 바다도 보였어."

"집 예쁘다……."

미니밴에서 미소라, 타츠키, 메이가 튀어나왔다. 호화로운 별

장을 앞에 두고 아이들은 엄청나게 들뜬 모양이다. 신기하다는 듯이 주위를 둘러봤다. 그 뒤로 히카리와 미쿠 씨가 내렸다.

"덥네."

"미쿠 씨, 차 감사합니다."

"아니야~."

"어머나~, 예쁜 곳이네."

어머니가 감탄해서 소리쳤다.

"슌 씨, 나중에 달리러 가자."

"그래."

"유우, 너도 가자."

탓쨩이 이쪽을 돌아봤다.

"에, 나도?"

"여러분~, 우선 짐을 두고 안에서 더위를 식힙시다."

"아사카의 호령에 일동은 줄줄이 별장 안으로 들어갔다.

침실은 2층에 있어서 그곳으로 안내를 받았다. 2층 복도에는 좌우로 문이 다섯 개씩 같은 간격으로 늘어서 있었다. 즉, 최대 10팀까지 숙박할 수 있는 것이다.

"여러분, 원하는 방을 써주세요. 어느 방에든 욕실과 화장실이 있어요."

아사카가 간단히 설명했다.

"그럼, 난 여기~!"

미소라가 왼편에 늘어선 문 중 하나를 열었다.

"미소라 혼자 써도 될 리가 없잖아. 언니랑 같이 써."

언니 모드가 된 미야가 미소라에게 말했다.

"에에!"

"뭐 불만이라도 있어?"

"언니랑 같이 쓰면 손이 많이 가는데~."

"뭐라고~!"

미야가 빽빽대면서 미소라와 같은 방에 들어갔다.

"유우 오빠는 전이랑 같은 방이 좋아요?"

"응? 뭐, 어디든 좋은데."

"그럼 유우 오빠는 여기에요."

아사카의 안내를 받아 오른편 안쪽에서 두 번째 방으로 들어갔다. 전에 머물렀던 방이다. 짐을 두고 창가에 다가갔다. 고운 빛깔의 숲이 시야를 가득 채웠다.

"마음이 편해지네."

잠시 녹색 풍경을 보며 마음을 가라앉히고 있으니 갑자기 시야에 미소라가 나타났다.

"우왓."

"어라? 유우 씨."

"어? 미소라…… 떠있는 거야?"

"뭐어? 무슨 소릴 하는 거야."

"야호~."

"유우 씨."

뒤늦게 타츠키와 메이도 왔다. 여기가 2층이라 당황한 것도 잠시, 바로 베란다가 있다는 사실을 떠올렸다. 게다가 각 베란다 사이에는 칸막이가 없어서 한쪽의 모든 방과 연결되어 있는 모양이다.

다른 방에서 베란다를 통해 온 건가.

"탐험 중이야"라고 메이가 말했다.

아이들에게 큰 별장은 아주 좋은 놀이터일 것이다. 미야와 애들도 옛날엔 탐험대를 만들었었지, 라는 생각을 하며 흐뭇하게 생각했다.

"좋아, 가자."

미소라가 호령을 하고 안쪽으로 나아갔다.

"……적당히 해야 한다."

침대에 걸터앉아 미지근해진 페트병에 남은 커피를 마셨다.

"후우."

깔끔하게 정돈된 시트의 표면을 멍하니 보고 있으니 갑자기 그때의 기억이 되살아났다. 아사카와 재회한 다음 날 아침, 이 침대 속에서 새근새근 자는 아사카의 체온과 향기, 그리고 부드러움이…….

"무, 무슨 생각을 하는 거냐."

머리를 붕붕 저어서 머리에 떠오른 분홍색 정경을 지워버렸다. 아무리 여자랑 연이 없다고 해도 그렇지 동생 같은 애를 상대로 이상한 생각을 하다니 최악이다.

그때 누가 콩콩 하고 문을 노크했다.

"유우 오빠."

"우왓."

들어온 사람은 아사카였다.

"그렇게 놀랄 것 없는데."

"미안 미안."

검은 민소매 블라우스에 하얀 스커트를 입었다. 방금 막 머릿속을 맴돌던 그날 아침의 불순한 기억 때문에 이상한 목소리가 나와 버렸다.

"차가운 차라도 마실래요?"

"아아, 그래."

짐을 다 정리한 우리는 거실에 모여서 잠시 휴식했다.

"아사카, 도와줄게."

"괜찮아요."

"사양하지 말고."

"감사합니다."

어머니와 아사카가 주방으로 갔다.

"대단하다고~. 다락방에 비밀기지 같은 게 있는데."

"그렇구나, 굉장하네."

타츠키가 히카리에게 탐험 성과를 보고하고 있었다.

"어라? 타츠키, 미소라랑 메이는?"

미야가 거실 안을 두리번두리번 둘러봤다.

"아~, 둘은 탐험을 좀 더 한대요."

"탐험이라니, 역시 애들이구나…… 뭐야? 유우 오빠."

"아니, 아무것도?"

너희도 똑같은 짓을 하고 다녔었다고, 라는 말이 목구멍까지 올라왔다. 게다가 미아가 돼서 나가지도 못했고.

"오래 기다리셨습니다."

아사카와 어머니가 마실 것을 가져다줬다. 실내는 냉방이 되어 있어서 쾌적하지만 바깥은 30도를 넘어 심하게 덥다. 차가운 녹차가 목에 스며들었다.

참고로 방 배정은 다음과 같이 되었다.

오른쪽 안쪽부터 아사카, 나, 마히루, 하루야마 부부. 왼쪽 안쪽부터 시모무라 모녀와 메이, 내 부모님, 미야와 미소라.

총 7개의 방을 쓴다.

그리고 아사카의 이야기에 따르면 이번에는 가사도우미들이 없어서 완전히 사적인 여행이라고 한다. 하나요시 씨도 밤에 합류한다고 한다.

마음이 잘 통하는 사람들끼리 하는 2박 3일의 짧은 여행.

여름의 마무리에 어울리는 즐거운 시간이 될 것 같다.

＊

우선 제1관문 클리어인가.

무사히 유우 오빠의 부모님이 참가해주셨고 나와 유우 오빠의 방도 붙어있다.

미야는 미소라 앞에 있으면 이상하게 언니 노릇을 하려고 하니까. 엉뚱한 짓을 할 일도 없을 것이다. 솔직히 이번에 가장 경계해야 하는 사람은 미야다.

캠핑하러 갔을 때와 같은 예측할 수 없는 엉뚱한 짓을 당할 수는 없다. 무슨 짓을 할지 알 수 없기 때문에 작전이 근본적으로 와해될 우려도 있다.

뭐, 같은 방에 있으니 미소라가 잘 억제해줄 것이다…….

이만한 인원이 모였으니 더 이상 도망칠 곳은 없다.

책임감이 강한 유우 오빠는 분명 단념할 것이다.

자, 이제 밤이 오길 기다리기만 하면 된다.

우후후후후.

2

"어머~, 어머어머~."

어머니의 새된 목소리가 주방에서 들려왔다.

"엄청나네."

"이번 여행을 위해서 잔뜩 준비해뒀어요."

아사카가 설명했다.

"술도 잔뜩 있어요."

"어머나~."

단편적으로 이야기를 들어보니, 아무래도 식재료 이야기인 것 같다. 이번 여행을 위해 식재료를 많이 준비했다고 한다.

"그럼 적당한 시간이 됐으니까 바로 만들까."

주스를 다 마신 아이들이 현관 쪽으로 갔다.

"좋아, 타츠키, 메이, 탐험대 다시 시작이다."

"오~."

"오~."

"미소라, 밖에 가는 거야?"

난 물어봤다.

"응."

이번엔 별장 주변을 탐험한다고 한다.

"아, 그렇지. 미소라, 숲 안쪽은 절벽이니까 조심해."

이 별장은 언덕 중턱에 세워져 있고 끝부분은 낭떠러지다. 한 달 반 전에 아사카를 쫓아갔을 때 그 절벽에 다다랐던 것을 기억해내고 충고했다.

"그래~? 알았어~."

낙관적인 대답이다. 분명 높이가 30미터 가까이 됐을 것이다. 떨어지면 어른도 위험한 높이다. 아이들이라면 더 위험할 테니 보호자로서 따라가자.

"나도 갈게."

"유우 씨도 탐험하고 싶어?"

타츠키가 뒤돌아봤다.

"유우 씨도 같이 탐험할래요?"

메이가 손을 잡았다. 가느린 손은 세게 쥐면 부러지면 것만 같았다.

"어쩔 수 없네. 그럼 유우 씨는 부하야"라고 말하는 미소라.

"예이 예이."

미소라를 선두로 강렬한 햇빛으로부터 도망치듯이 뒤편의 숲으로 들어갔다. 길다운 길은 정비되어 있지 않아 울창하게 우거진 풀을 헤치면서 나아갔다.

"그러고 보니 미야와 다른 애들도 옛날엔 탐험대를 만들었어."

"언니가?"

"그래 그래. 빈집에 몰래 들어갔는데 나올 수 없게 돼서 울고불고했지."

"푸풉, 나중에 언니한테 물어봐야지."

"오, 좋은 거 찾았어."

타츠키가 갑자기 몸을 웅크렸다.

"좋네, 그거"라고 말하는 미소라.

타츠키가 주운 것은 적당한 사이즈의 나뭇가지였다. 탐험하고 있다는 느낌이 나는 데다가 초목을 헤치거나 거미줄을 제거하는 등, 실용적인 면에서도 활약하는 아이템이다.

"나도 찾아야지."

미소라는 땅을 주시하기 시작했다.

아이들의 순진한 모습과 자연을 보며 마음을 가라앉히면서 완만한 경사의 언덕을 올랐다. 이전에 왔을 때는 아사카를 쫓고 설득하느라 필사적이었지. 가끔 나무들 사이로 살짝 눈에 들어오는 바다의 풍경과 바닷가와 나무 향기에 휩싸이는 상쾌함을 새삼 깨달았다.

좋은 곳이다.

기분 좋게 땀을 흘리면서 언덕을 올랐고, 이윽고 시야가 녹색에서 파란색으로 전환되었다.

"오오, 경치 좋다."

미소라는 달성감에 찬 목소리를 냈다. 언덕의 튀어나온 부분인 절벽에 도착한 것이다.

전방에는 하늘과 바다의 푸르름이 펼쳐졌고 수평선에서 어우러지고 있었다. 아련하게 떠있는 구름을 향해 검은 새가 훨훨 날고 있었다. 서쪽으로 눈을 돌리면 겐도지가의 프라이빗 비치를 내려다볼 수 있었다.

"우와~, 높다~."

"앗, 타츠키, 위험해."

"알고 있다니깐~."

울타리도 뭣도 없어서 발이 미끄러지면 인생이 끝장난다. 메이가 내 손을 쥐는 힘이 세졌다.

"무서워요⋯⋯."

메이를 끌어안았다.

"우~와, 이런 곳에서 떨어지면 죽겠지."

미소라는 떨리는 목소리를 냈다.

한 달 반 전, 아사카는 저 절벽 끄트머리에 있었다.

추억을 버팀목으로 삼고 있던 그녀의 마음을 지탱해주겠다고 약속한 지 벌써 한 달 반.

이번 여름 방학 동안 적어도 내가 보기에 아사카는 매일을 즐겁게 보냈지만, 그것도 이제 곧 끝난다. 얼마 뒤면 아사카는 카나가와로 돌아가야만 한다.

아사카의 마음은 자립할 수 있을 만큼 회복했을까. 돌아가신 어머니와의 갈등이나 두 번 다시 돌아오지 않는 어린 시절의 추억을 극복하는 건 쉬운 일이 아니다. 오빠로서 걱정되는 건 그것뿐이다.

"슬슬 돌아갈까."

"응."

"그렇네."

"네."

별장으로 돌아가니 뭔가 고소한 냄새가 났다. 마침 점심 준비가 다 된 모양이다.

"아, 돌아왔다. 유우 오빠, 얘들아, 밥 먹어."

아사카는 메이와 잡은 손을 힐끗 보더니,

"사이가 좋네요."

그렇게 생글생글 웃으며 말했다.

식탁에는 해물을 넉넉하게 쓴 요리가 차려져 있었다. 회에 타타키, 튀김 등등. 메인은 어패류가 잔뜩 들어간 페스카토레 파스타로, 토마토의 신 향이 식욕을 자극했다.

개중에는 얼음을 띄운 그릇에 주사위 크기의 네모난 뭔가가 떠있는 정체불명의 요리도 있었다.

테이블 끝에 앉자 오른쪽에 아사카가 나란히 앉았다.

평화로운 점심 식사가 시작됐다.

"──그래서 있지, 막다른 곳이 절벽이라서~."

아이들은 방금 한 탐험의 성과를 부모에게 보고했다.

"유우 오빠, 새우 줄게."

맞은편에 앉은 미야가 새우를 내 접시에 옮겼다.

"딱히 껍데기가 있는 것도 아니잖아?"

"아니, 요즘 왠지 새우 자체가 싫어져서."

"유우 오빠, 굴도 드세요."

아사카는 껍데기가 있는 굴을 나눠줬다.

"야 야, 이거 생굴이야?"

아까부터 신경 쓰였는데 여름에 생굴은 위험하잖아.

"바위굴이에요. 산지 직송이라 신선해요."

"나도 먹었는데 맛있어."

마히루가 말했다.

"아니, 맛있기야 하겠지만, 괜찮은가."

고등학생 때 생굴을 먹고 탈이 난 적이 있었다. 온몸의 구멍이라는 구멍에서 수분이 끊임없이 쏟아져 지옥의 고통을 맛본 기억이 있다.

"있잖아, 바위굴은 여름이 제철이라 괜찮대."

미야가 스마트폰으로 검색해줬다. 그러자 먼 자리에 있던 미소라가,

"언니, 식사 중에 스마트폰은 쓰면 안 돼."

"시, 시끄러~."

웃음이 확 터져 나왔다.

"자, 유우 오빠. 용기를 내."

"어, 어어."

레몬을 살짝 짠 뒤 조심조심 바위굴을 젓가락으로 집어서 입

으로 가져갔다.

"……맛있다!"

입안 가득 퍼지는 녹진한 감칠맛.

"바다의 우유라 불리니까 영양이 가득하고 자양강장에도 효과가 있어요."

아사카는 부드럽게 미소 지었다.

*

우후후, 해산물로 영양과 정력을 듬뿍 보충해주세요.

3

식사를 마치고 오후에는 바다에서 놀기로 했다. 수영복으로 갈아입고 있으니 누가 문을 노크했다.

"유우 오빠."

"아사카구나."

검은 비키니를 입은 아사카가 찾아왔다. 하얀 피부에 검은 수영복이 잘 어울렸다.

"자외선 차단제가 다 떨어져서요. 유우 오빠, 남는 거 없어요?"

"있어."

"감사합니다."

"……!"

자외선 차단제를 받더니 아사카는 놀랍게도 그 자리에서 바르기 시작했다.

　아사카의 가녀린 손이 부드러운 살갗 위를 쓰다듬듯이 자외선 차단제를 발라 나갔다. 목, 골짜기와 허벅지 안쪽 등. 눈앞에서 그런 선정적인 움직임——본인에게 그런 의도는 없겠지만——을 보여주면, 난 아버지와 탓쨩이 수영복을 입은 모습을 상상해서 고양감을 상쇄해야만 한다.

　다 발랐나 싶었는데 아사카는 갑자기 뒤로 돌아서서 말했다.

　"등은 유우 오빠가 발라주실래요?"

　"뭐?"

　"손이 안 닿아서, 부탁할게요."

　"아, 아니 아니, 그런 건 미야나 마히루한테 부탁하라고……."

　"……여기요."

　아사카는 내 말도 듣지 않고 자외선 차단제를 주고는 그대로 말없이 벽을 향해 돌아서 버렸다.

　하얀 목덜미와 견갑골과 허리의 라인이 아름답다. 나올 곳은 나오고, 들어갈 곳은 들어간 마치 예술품 같은 몸…….

　"바, 바른다."

　"네."

　매끄러운 감촉…….

　치덕치덕.

　"……."

　치덕치덕.

"……."

치덕치덕.

"햣."

아사카가 몸을 움찔 떨었다.

"정말, 유우 오빠, 간지러워요."

"아니, 이상한 곳 안 만졌거든!"

치덕치덕.

"……."

난 살찐 남자들의 스모 대회를 상상하면서 어떻게든 해냈다.

"끝났어."

"감사합니다. 그럼 갈까요."

아사카에게 이끌려 바다로 향했다.

파란 하늘, 하얀 구름, 뜨거워진 모래사장에 광대한 바다. 별장이 있는 언덕 옆에 있는 겐도지가의 프라이빗 비치다.

"예쁘다."

미야가 바다에 들어갔다. 첨벙거리며 뛰어다닐 때마다 하늘색 비키니에 감싸인 부푼 부위가 크게 흔들려서 눈에 좋지 않았다.

"기분 좋다~."

"나 참, 언니는 저렇게 까불어서 애 같아."

미소라가 한숨을 쉬었다. 파란색과 흰색 체크무늬의 원피스 타입 수영복을 입고, 평소에는 로우 트윈테일인 긴 머리를 포니테일로 묶고 있었다.

"자, 미소라."

미야는 몸을 숙여 미소라에게 물을 뿌렸다. 공중에 흩날리는 물이 햇빛에 반짝였다.

"왓, 정말, 그렇게 나온다 이거지."

미소라는 언니에게 질세라 전력으로 물을 첨벙대기 시작했다.

"꺅."

"이얍~."

"잠깐, 미소라, 정확하게 얼굴만 노리지 마."

평화로운 광경이다.

우린 하루야마 자매가 서로 물을 뿌리며 노는 모습을 보면서 해변에 파라솔을 설치했다.

"저러면 누가 동생인지 모르겠네."

마히루가 말했다. 그녀의 하얀 크로스 홀터 비키니에 담긴 커다란 산은 당장이라도 넘쳐날 것만 같아서 마히루가 움직일 때마다 조마조마했다. 비치발리볼을 할 생각인지 아사카와 함께 네트 준비를 시작했다.

아버지와 어머니는 비치 체어에 누워 피부를 태울 모양이다.

"역시 바캉스는 바다지."

"……그렇네."

그건 그렇고 이 나이에 어머니가 비키니를 입은 모습을 보게 될 줄이야…….

"좋은 파도가 오고 있군"이라 말하는 탓쌍.

"여보~, 조심해"라며 미쿠 씨가 충고했다.

"그래."

미쿠 씨는 브라질리언 비키니를 입고 있었다. 가슴과 둔부의 크기가 같은 정도라서 마치 토우 같았다. 어마어마한 몸매다.

"갔다 올게."

탓쨩은 서프보드를 들고 바다로 돌격했다.

"타이치 씨는 서핑도 하네요."

히카리가 물어보자 미쿠 씨는 곤란하다는 듯이 미간을 찌푸렸다.

"노는 것에 관해서는 전력을 다 한단 말이지, 나이도 있는데."

"아하하."

히카리는 딱 붙는 투피스 수영복 위에 래시가드를 걸쳤다. 학생 때가 떠오르는 슬렌더한 몸매다.

"유우 씨, 모래성 만들고 싶어요."

메이가 말했다.

프릴이 달린 귀여운 하얀색 투피스 수영복이다.

"그럼 파도가 안 닿는 곳에서 할까."

파라솔 옆에 모래성을 건설하기로 했다.

"나도 할래~."

타츠키가 참가했다. 빨간 비키니를 입은 그녀는 몸통 부분만 타지 않아서 하얀 배가 눈에 띄었다.

"내가 이겼다~, 언니는 허접이네."

"아아, 진짜, 갑자기 흠뻑 젖었네~."

미야 일행이 올라왔다.

"성 만드는 거야? 나도 할래~."

건설업자로 미소라가 참전했다.

"그건 그렇고"라고 말하며 미야가 내 옆에 앉았다.

"다 같이 있으니까 재밌네~."

"그렇네."

모두의 활기를 북돋우듯, 태양이 빛났다.

"좋아~, 이제 깃발을 세워서, 완성!"

착공 개시로부터 약 15분, 모래성이 드디어 완성됐다. 두 쌍의 탑이 있는 ㄷ자 형태의 성이었고, 성벽 부분에 세워진 빨간 깃발이 바닷바람에 펄럭였다.

"얘들아, 수분 보충하자."

히카리와 미쿠 씨가 아이스박스에서 이온음료를 꺼내 아이들에게 나눠줬다. 이렇게 햇볕이 강하면 모래사장에서 잠깐 가만히 있기만 해도 땀이 줄줄 난다. 수분과 미네랄을 제대로 보충하지 않으면 열사병에 걸릴 위험이 있다.

"자, 아리츠키도."

"오오, 땡큐."

손에 묻은 모래를 털고 페트병을 받았다.

"어~이, 유우 오빠, 슬슬 하자."

고무공을 든 미히루가 소리쳤다. 저쪽도 비치발리볼을 할 준비가 끝난 모양이다.

"비치발리볼 하는 거야?"

타츠키가 모래사장에 친 네트와 하얀 줄을 쳐서 만든 직사각형 코트를 보고 눈을 반짝였다.

"아줌마랑 아저씨는?"

"해안에 산책하러 갔어."

정말이지, 아버지도 어머니도 나이가 있는데 사이가 좋다.

"팀은 어떻게 나눌래?"

미야가 누구에게랄 것도 없이 물었다.

"아이들이 있으니까 균형 있게 나눠야지. 미야는 미소라랑 같이 하면 되지 않아?"

아사카가 제안했다.

"에~, 언니랑~? 걸림돌인데~."

미소라가 불평했다.

"뭐라고~!"

"난 언니 말고 마히루가 좋아. 제일 세잖아."

"나? 좋아."

"아싸."

"유우 오빠는 누구랑 팀을 하고 싶으세요?"

그렇게 말하고 아사카가 내 쪽으로 한 걸음 내딛는 것과 거의 동시에, 메이가 내 손을 잡았다.

"저, 유우 씨랑 같은 팀이 좋아요."

"응? 나랑?"

"괜찮아요?"

"좋아."

"아자."

"메이, 유우 오빠를 잘 따르네요."

아사카는 쪼그리고 앉아 메이에게 미소 지었다.

"유우 씨, 다정해요."

"유우 오빠는 어린 애를 좋아하니까~."

마히루가 한숨을 쉬었다.

"야 인마, 오해를 부르는 말 하지 마!"

"아하하하하."

자리가 웃음에 휩싸였다.

아이를 보살펴주는 건 좋아하지만, 그건 딱히 성적인 기호 때문이 아니다. 내가 좋아하는 건 쭉쭉빵빵 끝내주는 몸매란 말이다!!

"그럼 난 아사카랑~."

"응, 좋아."

타츠키가 아사카의 허리에 안겼다.

"히카리 씨랑 미쿠 씨도 하실래요?"

"난 이 수영복으론 격하게 움직일 수 없으니까 여기서 응원할게."

미쿠 씨가 아쉽다는 듯이 말했다.

"엄마도 하자."

"알았어, 알았어."

히카리는 그렇게 말하고 래시가드를 벗었다. 슬렌더한 몸매가 드러났다.

"그럼 미야는 시모무라랑 팀이네."

"어? 어른 둘이서 팀을 해도 괜찮아?"

"전혀 문제없어. 미야의 전력은 초등학생 수준이니까."

"무례하네!"

그리하여 팀은 다음과 같이 편성됐다.

나 · 메이.

마히루 · 미소라.

아사카 · 타츠키.

미야 · 히카리.

*

모래사장을 날아다니는 수많은 풍만한 공. 고무공이 네트를 오갈 때마다 마히루와 아사카가 가지고 있는 공도 출렁출렁 흔들렸다. 아주 격하게, 출렁출렁 하고.

마히루 · 미소라 VS 아사카 · 타츠키의 대결이다. 네 팀의 토너먼트전이며 5점을 먼저 딴 팀이 승리한다.

"훗."

마히루가 강한 한 방을 때리자 그 충격으로 가슴이 격하게 흔들리고 땀이 튀어 공중에서 반짝였다.

"이얍."

안쪽 라인 끄트머리를 아슬아슬하게 노린 일격이었지만 아사카는 어떻게든 달려들었다. 가슴이 모래사장에 파묻혔고, 부드러운 모래 위에는 아사카의 가슴의 흔적이 생생하게 남았다.

"얍."

아사카가 살린 공을 타츠키가 어떻게든 적진으로 돌려보냈다.

자세를 제대로 낮춘 데다 움직임이 좋다.

"자, 마히루."

미소라도 자세를 낮추고 토스를 올렸다.

"나이스, 으럇."

다시 마히루가 날카로운 스파이크를 꽂았다. 하지만 공이라고 해도 시합에서 쓰는 본격적인 인공가죽으로 만든 공이 아니라 부드러운 놀이용 고무공이다. 그리고 아이들도 참가하고 있기 때문에 마히루도 봐주고 있어서 속도는 별로 나오지 않았다.

한동안 일진일퇴의 랠리가 이어졌다.

그건 그렇고 저 녀석들, 저렇게 격하게 움직이는데 수영복이 벗겨지지는 않을까. 그것만 염려됐다.

참고로 나와 메이 페어는 히카리 · 미야 페어에게 패배를 맛봤다. 미야는 예상대로 허당이었지만, 히카리의 운동신경과 서포트 능력은 그걸 보완하고도 남는 수준이라 미야의 실수를 커버하면서 어떤 어려운 공이라도 살려서 돌려보냈다.

나와 같은 30대 전후의 나이인 주제에 그렇게까지 움직일 수 있을 줄이야……

역시 전국대회 출전을 경험한 운동부는 움직임이 다르구나.

"우와아, 그건 못 받아."

이쪽 시합도 드디어 결판의 때를 맞이했다.

마히루가 날린 스파이크를 아사카가 네트 앞에서 블록한 것이다. 속도가 붙은 공은 그대로 마히루 팀의 진지로 튕겨 나가 미소라도 받아내지 못했다. 마히루는 너무 높이 점프한 상태였기에 착지하기 전에 공이 땅에 닿고 말았다.

"해냈다아."

"아사카, 나이스 블록."

"에헤헤."

아사카와 타츠키가 하이파이브 했다. 아사카·타츠키 페어의 승리다.

"이런~, 졌네~."

미소라는 그 자리에 무릎을 꿇고 머리를 싸맸다. 그러자 미야가 그 옆에 다가와 동생의 어깨에 손을 올렸다.

"……언니?"

"자자, 진 사람은 빨리 코트에서 나가야지."

"짜증 나."

미소라의 이마에 핏대가 섰다.

"결승전이 시작되니까."

"언니, 까불고 있네. 전부 히카리 아줌마 덕분인데."

"이긴 건 이긴 거인걸~."

"끄으응."

"너희들, 싸우지 마."

"어머니인 미쿠 씨가 중재했다. 그리고 결승전이 시작되었고, 그때 사건이 일어났다.

싸움은 절정에 접어들었다. 4대4의 접전, 좋은 승부다. 참고로 미야·히카리 페어의 실점은 전부 미야가 한 것이다.

"에잇."

아사카의 스파이크가 코너에 빨려 들어갔다.

"얍."

히카리가 그걸 어떻게든 받아냈다.

"미야, 뒷일은 맡길게."

"흐엣?!"

공중에 떠오른 공은 네트 바로 앞 아슬아슬한 위치에 낙하할 것이다. 히카리는 모래사장에 쓰러져 있어서 그 자리에서 다시 일어설 시간은 없다. 미야가 결판을 내는 수밖에 없다.

"아와와와와."

"언니, 여기까지 왔으면 확실하게 결판내~."

"으, 응."

미소라의 성원에 분발한 건지 미야는 낙하 예측 지점으로 한 번에 점프했다. 하지만 운동 센스가 없는 그녀에겐 공의 낙하지점을 예측해서 타이밍을 맞춰 뛰는 것은 굉장히 어려운 일이었다.

네트에 너무 가까이 다가가 있던 미야는 대각선 전방으로 뛰어올랐고, 스파이크를 날린 건 좋았지만 낙하와 동시에 가슴과 네트가 접촉. 흉부를 덮고 있던 하늘색 천이 홀떡 말렸고, 게다가 끈이 풀려서 수영복이 공중을 날았다. 다시 말해서 미야의 무방비한 두 개의 언덕이 한여름의 하늘 아래에 드러난 것이다.

"앗!"

어설픈 스파이크가 아사카·타츠키의 진지에 박혔지만, 그에 반응하는 사람은 아무도 없었다.

타츠키도 아사카도, 그 자리에 있는 모두가 너무나도 갑작스

럽게 일어난 해프닝에 당황해서 굳어버렸다.

"꺄아아아아."

미야의 고함 소리가 파란 하늘에 빨려 들어갔다.

"뭐, 뭐 하는 거야 미야. 유우 오빠, 저기 보고 있어."

마히루가 나와 미야 사이에 들어왔다.

"우옷."

난 바로 고개를 돌렸다.

"걸려버렸어."

"언니, 바, 바, 바보야?!"

"유, 유우 오빠, 봤어?"

양손으로 가슴을 가리고 울상을 지은 미야가 돌아봤다.

"아니, 우리가 있는 곳에선 등밖에 안 보였어."

이건 사실이다. 등과 등 너머로 삐져나온 부분밖에 안 보였다.

"정말?"

"정말이라니깐, 그치? 메이."

"응, 괜찮아요."

"그, 그럼 괜찮지만."

그렇게 어색한 분위기 속에서 제1회 비치발리볼 대회는 미
야・히카리 페어가 우승했다.

4

미야, 그걸 노리고 하지 않았다면 엄청난 강적이다.

역시 미소라와 팀을 짜게 하는 편이 좋았을지도. 그랬으면 무모한 짓은 안 했을 텐데. 그건 그렇고 어떻게 하면 그런 식으로 벗겨지게 할 수 있는 걸까.

아니지 아니지, 설령 노리고 했다고 하더라도 네트에 스쳐서 비키니가 벗겨지게 하는 거친 기술은 좀처럼 성공할 수 있는 게 아니다.

캠프에 갔을 때도 그렇고, 예상치 못한 엉뚱한 실수는 대책을 세울 방법이 없으니 정말 곤란하다. 지금은 괜찮지만 밤에 저런 엉뚱한 실수가 폭발한다고 생각하면 등골이 오싹해진다.

그건 그렇고 메이는 유우 오빠가 마음에 드는 모양이다.

계획에 지장이 있을지 없을지 이쪽도 넌지시 확인해둬야 한다.

그 후, 우리는 팀을 다시 짜서 비치발리볼을 했다. 비치발리볼이 끝난 다음에는 바다에 들어가서 놀았다. 땡볕 아래의 비치발리볼로 달아오른 몸에 차가운 바닷물이 스몄다.

헤엄치고 잠수하고 물을 뿌리고 물을 맞고.

한바탕 놀고 별장에 돌아간 무렵에는 이미 4시를 지나고 있었다. 바닷물로 끈적이는 몸을 샤워로 씻어내고, 저녁때까지 각자의 시간을 보내기로 했다.

난 거실에서 주스를 마시던 아이들 무리에 끼었다.

"나도 끼어도 될까?"

메이 옆에 앉았다.

"아, 아사카. 괜찮아."

"괜찮아요."

"응~."

"무슨 이야기 하고 있었어?"

"그러니까, 전에 후지산에 올라갔을 때——."

미소라가 스마트폰을 꺼내 앨범 앱을 열었다. 그리고 자신만만하게 이야기를 시작했다.

"——그래서 있지, 후지산의 제일 높은 곳에서 일출을 보면서 커피를 마셨어."

"또 가고 싶다."

타츠키가 황홀한 얼굴로 말했다.

미소라의 스마트폰에는 눈부시게 빛나는 아침 해가 찍혀있었다. 그렇구나, 유우 오빠와 함께 후지산 정상에서 커피. 그건 최고의 시추에이션이다.

"그치만 힘들었지"라고 말하는 메이.

"메이는 체력이 너무 없다니깐. 거의 유우 씨한테 업혀있었잖아."

미소라가 말했다.

"에헤헤."

"그렇구나."

"메이는 유우 씨한테 너무 응석을 부려."

좋은 방향으로 이야기가 흘렀다.

"메이, 유우 오빠랑 사이가 좋던데, 혹시 유우 오빠를 좋아하기라도 하는 거야?"

단도직입적으로 물었다.

"에?"

메이한테서는 왠지 모르게 어릴 때의 나와 비슷하다는 느낌을 받았다. 표면적인 성격이나 외모 이야기가 아니다. 그래, 굳이 말로 표현하자면 기질이라 해야 할까. 여자로서 같은 기운이 느껴진다.

메이는 약간 난처한 듯이 고개를 갸웃하고 말했다.

"좋다고 해야 할까, 아니요, 싫진 않은데요, 그, 뭐라 해야 할까⋯⋯."

"?"

"아빠, 같아요."

"아빠?"

"아빠?"

"아빠?"

목소리의 상태나 표정으로 추측하건데, 부끄러운 걸 숨기려고 그렇게 말하는 건 아닌 것 같다.

"같이 있으면 안심이 된다고 해야 할까, 뭐랄까⋯⋯."

"아, 알 것 같기도"라고 말하는 타츠키.

"타츠키도?"

"저도 메이도 아빠가 없으니까 왠지 놀아주는 어른이라는 이유만으로 저도 모르게 응석을 부리게 돼요."

"응, 맞아, 그런 느낌일지도."

메이는 동조했다.

과연, 아빠, 인가.

확실히 유우 오빠는 아이를 보살펴주는 걸 좋아하고 웬만한 일로는 화내지 않는 속이 깊은 남자다. 우리가 어렸을 때도 어떤 심한 장난을 쳐도 대부분은 용서해줬다.

듣기로는 메이의 가정에는 부모님이 안 계신다고 하니, 더더욱 부성이라는 것에 끌리고 마는 것일지도 모른다.

잘 생각해보면, 이 아이들의 나이에 유우 오빠는 좀 심하게 연상이지.

연애 대상이 아니라는 것은 다행이지만 과하게 유우 오빠에게 달라붙어도 내 계획에 지장이 생긴다. 만약 메이가 같은 방에서 자고 싶다는 말을 하면 계획 자체가 틀어진다.

자 그럼, 어떻게 할까…….

5

샤워를 마치고 젖은 머리카락을 드라이어로 말렸다.

"호와아~."

온몸에 권태감이 있다.

오늘은 아침부터 유우 오빠의 차로 별장까지 장시간 이동하고, 그 후에는 바다에서 잔뜩 놀았다. 미지반리볼을 하며 뛰어다니고, 바다에서 수영하거나 모래사장을 산책하거나 해서 아직 저녁인데 벌써 녹초가 됐다.

난 침대에 엎드려 노트북을 열었다.

유우 오빠와 함께 쓰고 있는 추리소설도 종반까지 썼다. 남은 건 탐정의 풀이 파트와 에필로그뿐. 순조롭게 진행되면 이 별장에 있는 동안에 완성될 것이다.

"후훗."

그건 그렇고 해변의 별장에서 소설을 쓰다니, 왠지 문호가 된 기분이다. 한동안 집필 작업에 몰두하고 있으니 창밖에서 저녁 매미가 우는 소리가 들려왔다. 끼끼끼끼…… 하는 쓸쓸한 소리.

여름도 이제 곧 끝나는구나.

올해 여름은 길었다.

유우 오빠 덕분에 매일이 밀도 높고 정말 즐거운 여름 방학이었다.

"흐아암."

졸음이 오기 시작했다. 그때, 누가 문을 노크했다.

"이봐, 미야."

나타난 사람은 유우 오빠라서 단숨에 잠이 깼다.

"왜?"

"하나요시 씨가 오면 다 같이 중화요리집에 간대."

"알았어~."

"오, 소설 쓰고 있어?"

"응."

유우 오빠는 침대 가장자리에 앉아 화면을 들여다봤다. 그러면 필연적으로 내 얼굴에 유우 오빠의 얼굴이 가까워져서 두근거리는데요.

얼굴, 빨개지지 않았을까.

오해를 살만한 짓은 안 하는 편이 좋다고 전에 아사카에게 충고를 들은 지 얼마 안 됐고, 거리가 너무 가깝다는 느낌이 들었다…… 그보다 나도 여고생이니까 유우 오빠도 조금은 의식해도 좋다고 생각하는데~.

"지금 어디쯤이야?"

"지금은~, 탐정이 추리를 선보이는 부분~."

"이제 종반이네."

"아마 이번 여행 중에 완성될 거야."

"그거 기대된다."

"그렇지, 유우 오빠. 이 소설 말이야, 다 쓰면 상에 출품해도 돼? 마침 9월에 마감하는 미스터리상이 있어."

"딱히 상관없는데. 그보다 굳이 나한테 안 물어봐도 돼."

"그치만 이거 메인 트릭은 유우 오빠가 생각한 거잖아. 만약에 수상하면 어떡할 거야?"

미소녀 고등학생 미스터리 작가가 탄생하게 되면 어떻게 할까. 분명 텔레비전 인터뷰 같은 것도 오겠지. 수상식에도 불릴 것이고, 낯을 가리는 나에겐 불특정다수의 모르는 사람 앞에 나가는 건 고문 같은 일이다.

좋아, 일단은 익명 작가로 활동하자.

"너, 그런 건 상을 타고 나서 생각하는 거라고."

"에헤헤."

난 유우 오빠가 좋은데, 유우 오빠의 눈에 난 어떤 식으로 보일까. 항상 실수만 하고 폐를 끼쳐서 아직도 그냥 동생처럼 보고 있을까.

이렇게 소소하게 대화만 해도 행복하지만, 언젠가 자신의 마음을 전할 날이 올 것이다. 그리고 막연하지만 그런 관계가 될 것이라 확신하는 내가 있었다.

언젠가…… 그게 언제가 될지는 모르겠지만.

*

5시 반 무렵, 하나요시 씨가 도착했다.

"다들, 유우 군 외에는 오랜만이네요."

"하나 씨, 좋은 파도가 쳤다고."

탓쨩이 하나요시 씨의 어깨를 두드렸다.

"그거 잘됐네."

내가 없는 10년 동안 각 집안은 사이가 더 좋아졌는지 가족끼리 교류하는 사이가 된 것 같았다. 미야 같은 아이 세대가 동급생인 것도 하나의 이유일 것이다.

"겐도지 씨, 저희까지 감사합니다."

히카리가 얌전히 말했다.

"아뇨 아뇨, 사람이 많이 있는 편이 즐거우니까요. 자유롭게 편히 쉬어주세요."

"감사합니다."

그 후, 우린 택시를 타고 중화요리집으로 향했다.

여긴 겐도지가의 단골 가게라고 하며 이전에 쇼난에 왔을 때도 하나요시 씨, 아사카와 함께 온 적이 있다. 특별히 고급스러운 가게는 아니지만, 빨간색을 기조로 한 분위기 있는 가게 내부는 일반적인 동네 중국집과는 구분되는 아는 사람만 아는 유명한 가게라 할 수 있다.

메이는 중화요리집 자체가 처음인지 돌아가는 테이블을 보고 눈을 휘둥그레 떴다.

"메이, 춘권 먹을래?"

"응."

메이 옆에 앉은 아사카가 부지런히 돌봐주고 있었다. 언제 친해진 걸까.

어른들은 어머니를 필두로 중화요리를 안주로 삼아 사오싱주를 마시고 있었다. 독특한 향과 맛이 별로 취향에 안 맞아 난 무난하게 맥주를 마셨다.

"이 돼지고기 조림 맛있네."

마히루가 수북했던 돼지고기 조림을 순식간에 먹어 치웠다.

"저기요~, 똑같은 걸로 하나 더 주세요."

"마히루, 계속 먹는 거야?"

"이제 시작이야."

이렇게 맛이 진하고 기름진 걸 두 접시나 먹다니. 무시무시한 체육계 여고생의 위장이다. 전에도 생각했지만 저렇게 날씬한 배의 어디에 그만한 요리가 채워지는 걸까.

"엄마, 칠리새우 줘."

"네 네."

"아, 역시 내가 돌리고 싶어."

타츠키가 회전 테이블을 돌렸다. 아이들 앞으로 칠리새우 접시가 돌아갔다.

"그러고 보니, 언니는 왜 새우가 싫은 거야?"

미소라가 새빨간 칠리소스를 두른 새우를 입안 가득 먹으면서 물었다.

"딱히 싫지 않아. 먹는 것으로 인식하지 않을 뿐이지."

그건 싫다는 뜻이 아닌가, 라며 난 마음속으로 딴지를 걸었다.

"이렇게 맛있는데, 그치?"

"그치~."

"그치~."

아이들은 활짝 웃으면서 칠리새우를 먹었다. 미야는 그 모습을 쓸쓸한 표정으로 바라보면서 말했다.

"그야, 나도 옛날엔 먹을 수 있었지만 껍데기가 붙어있는 새우의 생김새는 완전히 벌레잖아? 왠지 벌레를 해체해서 먹는 것 같아서……."

"확실히 새우가 육지에 있었으면 벌레로밖에 안 보였겠다."

아사카가 동조했다.

"뭐, 맛있으면 뭐든 상관없잖아"라고 말하는 마히루.

어느샌가 두 접시 째도 텅 비어있었다.

"버, 벌써 다 먹었어?"

"오늘은 많이 움직여서 배고프니까."

그 후 우린 1시간 정도 대화를 나누면서 중화요리를 먹고 별장으로 돌아왔다.

＊

"노천탕이 있으니까 순서대로 들어가 주세요."

남녀로 나뉘어서 노천탕을 쓰게 되었다. 먼저 여자부터 들어가게 되어서 난 갈아입을 옷을 가지러 서둘러 방으로 갔다.

"굉장하다~."

호화로운 노천탕을 보고 아이들은 아주 좋아했다.

굵은 자갈이 깔린 넓은 공간에서 큰 욕조가 김을 내뿜었다. 하늘은 아직 완전히 어두워지지 않아 푸른빛을 띤 보라색 하늘에 별이 반짝이고 있었다. 앞쪽에는 숲이 끊어져 생긴 공간이 있어서 조용한 바다 소리가 들려왔다.

"후우, 시원하네."

사야카 아줌마는 느긋한 목소리로 말했다. 욕조는 넓어서 9명이 한 번에 들어와도 여유가 있다. 한동안 별이 떠있는 하늘을 바라보면서 몸을 담그고 있으니 옆에 있던 미쿠 아줌마가 말했다.

"그러고 보니 아스카 씨한테 들었는데, 마히루가 쿠마모토의 신입팀에 스카우트됐다면서?"

"어? 어어, 뭐."

"대단하네, 축하해!"

사야카 아줌마가 박수를 쳤고 모두가 축하한다고 말해줬다.

"에~, 마히루 쿠마모토에 가는 거야?"

미야가 일어섰다.

"아니, 결정된 건 아니야."

"실업팀에서 결과를 내면 일본 대표도 꿈이 아니야. 세상에, 지금 사인 받아둘까."

사야카 아줌마는 자기 일인 것처럼 들뜨기 시작했다.

"마히루, 올림픽 나가는 거야~?"

타츠키가 외쳤다.

"대단하다~."

"대단해요."

미소라와 메이도 훌륭한 사람을 보는 듯한 눈으로 날 바라봤다.

"축하해, 마히루."

아사카는 온화한 웃음을 지었다.

"……하하, 고마워. 아니 근데 아직 정해진 건 아니라니깐."

곤란하네. 완전히 축하 분위기가 돼버렸다.

"싫어~, 마히루랑 떨어지기 싫어~."

미야가 안겨왔다.

"그러니까 확정 사항이 아니라고 몇 번이나 말하고 있잖아."

"쿠마모토의 어느 팀이야?"

히카리 씨가 물었다.

"그러니까, 아마 쿠마모토 엠프레스였을 거예요."

"그래?! 나 거기에 친구 있어."

"진짜요?"

"고등학교 후배 하나야마 코하루라고 하는데 알고 있어?"

"네, 일단은."

"어?! 하나야마 코하루라면 그 하나야마 코하루? 아, 그런가. 세대를 보면 히카리의 후배지."

미쿠 아줌마가 놀란 얼굴로 말했다.

"제가 3학년일 때 1학년이었어요."

"흐음."

세상 참 좁다. 인간관계라는 건 의외의 곳에서 연결되어 있구나. 히카리 씨도 전국급 선수였으니 이상하진 않지만.

"후배 괴롭히지 말라고 말해둘 테니까 안심해."

"하핫……."

으~음, 이런 분위기에는 도저히 말할 수 없겠어. 유우 오빠와 떨어지기 싫으니까 거절할 생각이라는 말은. 확실히 장래의 선택지로 배구에 인생을 바치는 것도 괜찮다면 괜찮은 길이고, 작년까지의 나였으면 분명 이 스카우트에 기꺼이 응했을 것이다.

이런 기회는 좀처럼 없으니까.

하지만 올해가 되면서 상황은 확 변했다.

유우 오빠가 있는 일상을 버리면서까지 꿈을 좇는 게 정답일까.

얼굴을 하늘로 돌리니 아름다운 달이 떠있었다.

＊

"후우, 지옥이었어."

남자 그룹의 목욕이 끝났다.

세 아저씨가 등을 밀라고 시켜서 전혀 피로가 안 풀렸다. 나중에 혼자 다시 목욕하러 갈까. 거실에서는 먼저 목욕을 마친 여자 그룹이 저녁 반주를 준비하고 있었다. 계속 마시냐는 분위기 파악 못 하는 딴지는 걸지 말자. 나도 목욕을 마치고 맥주를 마셨다.

"크하~."

각자 자리에 앉았고, 연회가 시작됐다. 보지도 않는 텔레비전을 켜놓고 술과 느긋하게 흐르는 시간에 몸을 맡겼다. 아이들은 한데 모여서 4인 대전 게임을 했고, 어른 무리 중에서 누군가가 교대로 네 명째를 맡았다.

10시가 넘었고, 아이들은 슬슬 잘 시간이다.

"미소라, 이제 슬슬 자렴."

미쿠 씨가 말했다.

"예~, 가자, 언니."

미야도 소파에 기대서 꾸벅꾸벅 졸고 있었다. 낮에 비치발리볼을 하면서 체력을 썼기 때문일 것이다. 자매는 비틀거리는 발걸음으로 방으로 향했다.

"타츠키랑 메이도 잘 시간."

히카리가 어머니다운 말투로 말했다.

"응."

"네."

타츠키와 메이도 눈을 비볐다. 메이는 비틀거리며 나에게 다가왔다.

"유우 씨~."

그러자 가까이에 있던 아사카가 끼어들었다.

"메이, 유우 오빠랑 같이 자고 싶어?"

"응."

"그럼 유우 오빠, 메이랑 타츠키는 히카리 씨의 방이니까 재워주고 오세요."

"내, 내가?"

"자, 다들 졸리대."

타츠키도 메이도 스위치가 꺼진 것처럼 얌전해졌다.

"그럼 아리츠키, 뒷일은 맡길게."

"어쩔 수 없구만."

"아, 양치질 잘 시켜줘."

"예이예이."

둘을 데리고 히카리의 방으로. 아마 왼쪽 제일 안쪽이었던가. 침대 옆에 있는 의자에 앉아 타츠키와 메이가 잠드는 것을 기다렸다. 둘은 사이좋게 손을 잡고 누워있었다.

얼마 안 있어 자면서 내는 숨소리가 들리기 시작해서 난 둘을 깨우지 않도록 살짝 일어나 방을 뒤로했다.

＊

이겼다.

여기까지 오면 내가 이긴 거다. 어떡하지, 왠지 긴장되기 시작했다. 역시 아프려나. 나중에 샤워를 한 번 더 하고 와야지.

머릿속에서 기쁨과 불안이 뒤섞였다.

그때, 인터폰이 울렸다.

누구일까. 이런 시간에 손님이 올 것 같진 않고, 오늘 이곳을 방문할 예정인 사람은 우리 이외에는 없을 것이다.

미심쩍게 여기며 난 인터폰의 카메라를 확인했다.

"힉."

등골에 오한이 들었다.

"누가 왔어?"

아버지가 어깨 너머로 카메라를 들여다봤다.

"뭐야, 결국 왔나."

"아, 아버지, 혹시 오늘 모인다는 걸 알려줬나요?"

"어어, 아사카가 사람이 많이 있는 편이 즐겁다고 해서⋯⋯ 왜 그래? 부르면 안 됐나?"

"⋯⋯아뇨."

화면에는 언니인 토우카의 사악한 웃음이 비치고 있었다.

"누구 왔어?"

마히루가 인터폰의 화면을 들여다봤다.

"아, 혹시 토우카 씨?"

"으, 응."

"와아, 몇 년 만에 만나는 걸까."

"마히루랑 다른 사람들은 3년 만에 보는 게 아닐까⋯⋯."

겐도지가의 차녀 겐도지 토우카는 자유인이다.

집안의 돈으로 전 세계를 놀러 다니며 일본에 돌아오는 건 1년에 몇 번 있을까 말까. 어머니의 기일에는 반드시 돌아오지만, 그 외에는 기본적으로 기분과 변덕으로 행동하기 때문에 1년에 한 번 밖에 못 만나는 해도 있다.

해외 생활을 오래 해서 다른 사람과 허물없이 잘 사귄다. 처음 만나는 사람과도 금방 친해질 수 있어서 이번 모임을 떠들썩하게 만들기에는 딱이지만…….

깊이 생각하지 않고 기본적으로 그때그때의 기분에 따라 살아간다. 그래서 쓸데없는 문제를 일으키는 안 좋은 버릇이 있다. 미야와는 방향성이 다른 문제아. 지금은 다른 언니이자 감시역인 쿄우카 언니도 없다. 분명 멋대로 굴면서 혼란스럽게 만들 것이다.

오늘은 절대로 실패가 허용되지 않는 날. 지금은 마음을 독하게 먹고 쫓아내야…….

난 서둘러 현관으로 갔다.

"아~쨩, 오랜만~."

"꺅."

벌써 들어왔나. 언니는 나에게 안겨왔다. 새까맣게 탄 피부에 금방이 원색한 단발이. 오래 전의 이고생 가루 같은 용모였다.

"어, 언니, 어떻게 여기에?"

"이야아, 올해 여름은 오키나와에 있었는데 아버지가 일본에 있으면 얼굴 좀 보지 않겠냐고 해대고, 뭔가 많은 사람이 모인다는 이야기를 들어서 말이야."

"오키나와요? 평소랑 다르네요."

"나도 가끔은 일본의 정서를 느끼고 싶은 해가 있어. 역시 일본인의 피가 흐르고 있구나."

"……그런가요."

"아, 그렇지. 선물 있어."

큰일이다, 언니의 페이스에 그대로 말려들었다.

"저, 저기, 언니, 오늘은――."

"오오, 토우카, 왔구나."

뒤에서 아버지가 다가왔다.

"아니! 야, 너 그게 뭐냐, 오래 전의 갸루 같은 꼴은."

"아~, 시끄러운 사람 왔다. 도망치는 게 상책."

토우카 언니는 그렇게 말하고 복도 안으로 달려갔다.

"오오, 아는 얼굴도 모르는 얼굴도 여기저기 보이네."

갑작스럽게 침입자가 나타나 자리가 술렁였지만 대부분의 사람은 술을 마셔서 그다지 큰 소동은 일어나지 않았다.

내 기억이 맞다면 히카리 씨와 지금은 자고 있는 아이들, 그리고 유우 오빠는 토우카 언니와 만난 적이 없을 것이다.

"오랜만이네요오."

토우카 언니는 아무런 망설임도 없이 술자리에 앉았다.

"어라, 거기 있는 미인은 처음 만나는 건가."

"히카리 씨를 봤다.

"처음 뵙겠습니다, 아사카의 언니인가요?"

"예~스. 아사카가 항상 신세 지고 있습니다. 으응? 넌 누구야?"

이번엔 유우 오빠를 봤다.

"그, 전 아리츠키 유우라고 합——."

유우 오빠가 그렇게 말하는 것과 거의 동시에 토우카 언니는 일어섰고,

"너였냐! 맨날 아~쨩을 울리던 놈이."

"에?"

"아~쨩은 항상 널 보고 싶다 보고 싶다 하면서 울고 있었다고 이 자식아."

그리고 유우 오빠에게 헤드락을 걸었다.

"죄, 죄송합다."

"잠깐, 토우카 언니."

난 당황해서 말렸다.

"하, 항복 항복."

유우 오빠는 파래진 얼굴로 기술을 제대로 건 토우카 언니의 팔을 탭했다.

"장난이야, 사회인에겐 여러 사정이 있으니까."

시원스레 헤드락을 풀고 태연하게 웃었다.

"코, 콜록콜록."

"중요한 건 지금이지. 옛날 일 같은 걸 신경 쓰는 건 시긴 낭비야."

"네에."

아하핫."

시, 심하게 자유로워.

순식간에 자리의 주도권을 잡아버렸다.

"오~, 마히루, 또 커졌구나."

"키 얘기 하는 거죠?"

"다…… 당연하지. 아하하."

"토우카 씨, 엄청 탔네요."

"오키나와에 갔었어. 이야아, 요나구니의 햇빛은 따가웠어. 그렇지, 줄 선물이 있었지."

발치에 있는 종이가방에서 술병을 꺼냈다.

"짜잔~."

"어머, 도난이네."

사야카 아주머니가 눈을 반짝였다.

"언니, 그건?"

"오키나와의 술인데 이게 또 맛있단 말이지. 자자, 다들 잔 비워요."

토우카 언니는 모두의 잔에 도난이라는 술을 돌아가면서 따랐다.

"아, 그렇지. 오늘은 아~쨩의 방에서 잘 거야."

"네?"

"오랜만에 같이 자고 싶잖아."

"아뇨, 이제 어른이니까, 그보다 빈 방은 아직 더 있어요."

"싫어."

"싫어, 가 아니라."

그런 대화를 하고 있는데 저쪽에서는 어느샌가 유우 오빠가 축 늘어져 있었다.

"유우 오빠 괜찮아?"

마히루가 등을 쓰다듬었다.

"자, 물."

유우 오빠는 사야카 아주머니에게 물을 받아 단숨에 마셨다.

"아니, 유우 오빠 왜 그러세요?"

"으으, 뭐, 뭐야 이 술은."

유우 오빠는 눈앞에 있는 잔을 보면서 쉰 목소리를 냈다.

"그러면 안 되지 유우. 이건 60도니까 조금씩 마셔야 해."

사야카 아주머니가 잔을 획 기울였다.

"6, 60도……."

유우 오빠는 새빨간 얼굴로 그렇게 중얼거리더니 소파에 푹 기대 그대로 잠들어 버렸다.

"유, 유우 오빠?"

난 유우 오빠의 어깨를 흔들었지만 돌아오는 건 숨소리뿐이었다.

"이거 아침까지 안 일어나겠네"라고 하는 사야카 아주머니.

"!"

이게 무슨 일인가.

토우카 언니가 난입한 지 아직 15분도 지나지 않았는데 유우 오빠가 술에 취해 쓰러져버렸다. 유우 오빠는 술이 그렇게 세지 않다. 저 상태면 아침까지 일어나지 않을 테니 오늘 밤의 계획은 내일로 미뤄야만 한다.

잠깐만?

내일 밤에도 눌러앉아 있을 생각이라면 어떻게든 대책을 생각해야 한다. 쿄우카 언니에게 토우카 언니가 여기에 있다는 걸 누설해서 데리고 나가게 하는 게 좋다.

우선은——.

"아, 그러고 보니 네네치랑 마실 약속했었지."

갑자기 그렇게 말하고 토우카 언니는 자리에서 일어났다.

"어? 언니?"

"아~쨩, 미안~. 갈게."

언니가 미안해하는 표정을 짓고 양손을 맞댔다.

"어?"

"모처럼 모인 거긴 한데 이번엔 먼저 한 약속이 있어서. 완전히 잊고 있었어. 뭐, 오랜만에 얼굴 봐서 좋았어."

"잠깐 잠깐, 언니, 술 마셨잖아?"

"안 마셨어. 따라주기만 했지. 다음에 만나는 건 정월이려나. 그럼 다들 바이바이킹~."

폭풍이 지나간 뒤와 같은 정적이 남았다.

다들 멍한 표정이다.

선약이 있었어?

그럼 처음부터 그쪽에 갔으면 됐잖아. 이제 시작인 타이밍에 딱 맞춰서 방해만 하러 와서는…….

유우 오빠를 살짝 봤다. 완전히 잠들어서 웬만한 일로는 깨지 않을 것이다.

"토우카 씨, 자유로운 사람이네."

마히루가 감탄한 듯이 고개를 끄덕였다.

"나 참, 차분함이 없는 녀석이야."

아버지가 눈살을 찌푸렸다.

"하아."

난 한숨을 쉬었다.

6

"으으, 머리, 아파."

눈을 뜨니, 그렇다기보다는 정신이 드니 하얀 천장이 눈에 들어왔다. 아무래도 별장의 내 방의 침대 위에서 자고 있었던 것 같은데……

"어라?"

난 언제 잠들었지? 기억이 전혀 없다. 전신마취를 한 것처럼 의식을 잃은 것 같은 느낌이다.

"그러니까."

분명 어젯밤엔 술잔치를 즐기고 아이들을 재운 후에 아마……

"그래, 이사카의 언니가 왔고, 그리고?"

거기까진 기억하고 있다. 그렇다기보다는 기억은 거기서 끊겨버렸다. 떠올리려고 해도 그 뒤의 정경은 새하얘서 아무것도 떠올릴 수 없었다.

그리고 머릿속을 맴도는 둔통과 오심은 숙취의 전형적인 증상이다. 그건 그렇고 기억을 잃을 때까지 술을 마시다니, 아무리 아는 사람들과 온 짧은 여행이라고 해도 너무 많이 마셨잖아.

시계를 보니 오전 9시가 지났다.

무거운 머리에 손을 대고 느릿느릿 일어났다.

샤워를 하고 위장에 차가운 물을 부어 넣었다. 베란다에 나와 여름 햇살을 받고 있으니 점점 나아지기 시작했다.

"유우 오빠, 일어났어요?"

아사카가 찾아왔다.

"오오, 아사카구나. 안녕."

"안녕하세요, 안색이 안 좋은 것 같은데요."

"아니, 숙취가 좀 있어서. 아아 그래도 거의 다 나았어."

"……그런가요."

"언니는 벌써 갔어?"

"네, 어젯밤에요."

"그런가, 실은 술 때문에 별로 기억이 안 나. 나 그렇게 많이 마셨나?"

"마셨다고 해야 할지, 억지로 마셨다고 해야 할지……."

아사카는 말하기 곤란한 듯이 고개를 돌렸다. 이 반응을 보아 하니, 역시 난 어젯밤에 너무 많이 마셔서 술에 취해버린 모양 이다.

"……오늘은 너무 많이 마시지 않도록 조심할까."

"그렇네요. 유우 오빠는 술이 그렇게 세지 않으니까 오늘은 적당히 마시세요."

"알았어 알았어."

어디선가 중저음의 배기음이 들려왔다. 이건 아버지의 수프라다. 어딘가에 외출하는 걸까.

"유우 오빠, 아침밥은 먹을 수 있을 것 같아요?"

"어어, 먹을래 먹을래."

그렇게 난 부엌으로 갔다. 내가 마지막으로 일어난 것 같다.

"아버지는 나갔어?"

아침밥을 먹으면서 어머니에게 물었다.

"타이치 군이랑 같이 나갔어."

"탓쨩이랑?"

"'쇼난의 번개'를 만나러 간대."

"?"

"자 유우 군, 커피."

미쿠 씨가 커피를 가져다줬다.

"감사합니다. 그러고 보니 미야는?"

"방에서 소설을 쓰고 있어."

"그렇구나."

"마히루랑 아이들은 바다에 갔어요. 유우 오빠도 수영할래요?"

"아니, 아직 술기운이 남아있으니까, 술 좀 깨게 햇빛이라도 쬐고 올게."

그리고 식후에 혼자 별장 주변을 산책했다. 숲속을 걸으면 끊임없이 귀에 울리는 매미소리. 이제 곧 여름도 끝나는데 활기찬 녀석들이다. 해변에 내려가니 아이들과 마히루가 바다에서 놀고 있었다.

"아, 유우 오빠."

프론트 리본이 달린 비키니를 입은 마히루가 이쪽으로 달려왔다.

"너희들 아침부터 기운이 넘치네."

"유우 오빠도 들어올래?"

"아니, 난 술기운이 좀 남아있으니까 여기서 보고 있을게."

네 명은 튜브를 타고 놀기 시작했다. 난 밀려오는 파도에 발을 적시면서 해변을 산책했다. 샌들과 발바닥 사이에 모래가 들어갔지만 전혀 불쾌하지 않았다.

해변에 앉아 마히루와 아이들과 그 너머에 이어지는 바다를 바라봤다.

"하아."

평화롭다.

아무것도 하지 않고 아침부터 멍하니 바다를 바라보고만 있다니, 정말 사치스럽게 시간을 쓰고 있다. 평소 같으면 가게 청소와 준비로 아주 바쁠 텐데.

이게 힐링이라는 것일까. 가끔은 아무것도 생각하지 않고 멍하니 있는 것도 좋구나. 그렇게 한동안 바다를 바라보고 있는데 갑자기 시야가 커다란 가슴으로 채워졌다.

"유우 오빠? 살아있어?"

"응? 우왓."

마히루가 어느샌가 내 앞에 와있었던 모양이다. 허리를 구부려 몸을 앞으로 기울여서 내 얼굴을 들여다보고 있었기 때문에 시야가 그녀의 아주 큰 가슴으로 가득 차있었던 것이다.

"놀라게 하지 마."

"미안 미안, 불러도 반응이 없어서 신경 쓰였어."

바닷물에 젖은 마히루의 건강한 몸은 여름의 태양처럼 반짝여 보였다.

"……있잖아, 유우 오빠."

마히루는 아래로 비스듬히 시선을 돌렸다.

"왜?"

"……아, 아냐, 역시 됐어."

"어?"

"아무것도 아니야."

마히루는 발길을 돌려 바다 쪽으로 달려갔다.

"뭐야, 저 녀석."

컨디션도 완전히 회복됐고 술기운도 빠졌다. 나도 수영이나 한번 할까. 수영복으로 갈아입기 위해 별장으로 향했다.

＊

실업팀에 스카우트됐다고 말하면 유우 오빠는 뭐라고 할까. 깜짝 놀라서 쓰러질지도 모른다.

응원해줄까. 아니면 나랑 떨어지는 건 싫다고 할지도…… 아니, 그건 아니지.

유우 오빠는 상냥하니까 분명 자기 일처럼 기뻐해줄 것이다. 잘됐네 마히루, 라고 말하는 모습을 쉽게 상상할 수 있다.

……유우 오빠는 내가 멀리 가도 아무렇지 않을까. 연습이나 시합을 하느라 자유로운 시간은 좀처럼 낼 수 없게 될 테고 시즈오카와의 거리도 멀다.

유우 오빠와는 더 이상 떨어지고 싶지 않다.

난 어떻게 해야 할까.

*

이틀째 밤은 해변에서 바비큐를 하게 되었다. 지난번에는 나와 아사카와 하나요시 씨뿐이었지만 이번에는 총 13명. 역시 바비큐는 사람이 많아야 즐겁구나.

조용한 밤바다에 따닥따닥 하고 불이 튀는 소리가 울렸다. 하늘에 구름은 적었고, 흩어진 크고 작은 별들이 희미한 빛을 뿜었다.

"자, 다 구워졌다~."

어머니가 아이들의 접시에 고기를 나눠줬다.

"맛있네."

미소라가 웃으며 말했다.

"응."

메이는 활짝 웃으면서 고기를 입안 가득 넣고 먹었다.

"엄마, 이거 줄게~."

타츠키는 히카리의 접시에 호박을 얹었다.

"야, 야채도 먹어. 정말."

"헤헹~"

타츠키는 그릴을 우회해서 미야 일행이 있는 쪽으로 달려갔다.

"저, 바비큐는 처음이에요."

메이가 내 옆에 와서 그렇게 말했다. 입가에 소스가 묻어있는
게 귀엽다.

"그렇구나. 어때? 재밌어?"

"네."

"그거 잘됐네."

"에헤헤."

"메이, 볼에 소스가 묻었어."

"헤?"

"제가 닦아줄게요."

뒤에서 나타난 아사카가 손수건으로 메이의 입가를 닦았다.

"자, 깨끗해졌네."

"감사합니다."

"뭐 이런 걸 가지고. 유우 오빠, 어제처럼 되지 않도록 술은
적당히 마시는 편이 좋아요."

"그렇네. 이걸로 마무리할게."

두 개째의 캔맥주를 가볍게 흔들었다.

"논알코올 맥주도 있으니까요."

"그래."

들기로는 어젯밤에 술에 취해 정신을 잃은 건 아사카의 언니
──아마 토우카라고 했던가──가 가져다준 도수가 60도나 되
는 술을 마셔버렸기 때문이라고 한다. 그런 도수의 술이 이 세
상에 존재한다는 것은 말할 것도 없고, 그걸 태연한 얼굴로 마
실 수 있는 녀석이 있으니 세상은 참 넓구나.

아사카도 말했지만 오늘은 적당히 마시자.

"그러고 보니 미야, 이제 다 썼어?"

"응?"

미야는 녹차를 한 모금 마시고 대답했다.

"이제 에필로그만 쓰면 되니까 내일이면 끝나."

"그렇구나. 기대되네. 완성되면 먼저 읽게 해줘."

"알았다니깐~."

"무슨 이야기를 그렇게 재밌게 하는 거야?"라고 말하는 마히루.

"미야랑 같이 쓴 소설 이야기."

"뭐야, 그건 패스."

"후후후, 너도 읽게 해주지."

"아냐 됐어. 글자만 있는 책은 1페이지만 읽어도 머리가 아프
니까."

"너, 지금까지 어떻게 살아온 거냐······."

해변의 바비큐를 한 후에는 사전에 사둔 불꽃놀이를 즐겼다.
밤의 어둠 속에 다양한 색깔의 빛이 난무했다.

"예쁘네요."

아사카가 나지막이 말했다.

"그렇네."

"정말 즐거웠어요…….."

"맞아."

여름의 마지막을 마무리하기에 알맞은 즐거운 여행이었다.

"이 여행, 매년 하는 정기 행사로 만들어버릴까요."

"야 야, 괜찮아?"

"네. 아버지께는 제가 말해둘게요."

아사카는 그렇게 말하고 미소 지었다.

"좋~아, 간다."

탓쨩이 통 형태의 폭죽에 불을 붙였다. 얼마 지나지 않아 밤하늘에 큰 꽃이 폈다.

그 후, 불꽃놀이를 즐긴 우리는 순서대로 목욕을 하고 각자의 침실로 돌아갔다.

"후우."

노천탕에서 나온 난 침대에 누웠다. 목욕을 마친 후의 나른한 느낌과 취기가 합쳐져 뭐라 표현할 수 없이 기분이 좋았다.

내일로 이 여행도 끝인가.

먹고 마시고 놀고, 정말 즐거운 시간이었다. 내일 밤에는 좁은 내 방의 침대 위인가. 섭섭한 듯한 기분도 들었지만 시즈오카의 공기를 원한다는 기분도 들었다.

또 오면 된다.

아사카도 여름의 정례 행사로 만들고 싶다고 했고, 올해만 하고 끝나는 게 아니니까.

"음~."

점점 수마가 다가와 시야가 흐려지기 시작했다.

그리고 난 잠들었다.

7

"으, 응?"

복부에 압박감을 느껴 눈을 떴다. 껐을 터인 불이 켜져 있다.

잠든 뒤로 체감상 1시간도 지나지 않았다. 요의 때문에 일어
난 건 아닌 것 같다.

"뭐지?"

이 느낌, 누가 내 위에 올라타 있나.

시선을 몸 쪽으로 돌렸다. 그러자 순식간에 잠이 깼다.

"아, 아사카."

"유우 오빠."

아사카가 내 허리 근처에 올라타 있었다.

놀라운 건 옷차림이었다. 레이스가 달린 연분홍색 네글리제
한 장과 팬티뿐. 게다가 속이 비쳐 보이는 옷감이다. 아사카의
흰 가슴과 그 끝부분이 얇은 천 너머에⋯⋯

"아사카, 뭐, 뭐 하는 거야."

"뭐긴요, 밤이 찾아온 방에 남녀가 단 둘이 있으니 할 일은 하
나밖에 없잖아요."

"뭐, 뭐어?!"

"저, 이미 알고 있어요."

아사카는 몽롱한 목소리로 계속해서 말했다.

"아기를 만드는 법."

"너, 무슨 소릴──."

그 순간, 머릿속 깊은 곳에서 머나먼 추억의 정경이 떠올랐다.

'아기는 어떻게 생기는 걸까.'

그렇게 순진한 눈으로 중얼거렸던 어린 시절의 아사카의 모습이 되살아난 것이다.

그건 여름 방학 자유 연구의 주제를 생각하던 때였던가. 아이에게 일상은 의문의 연속이다. 그러니 그걸 궁금해한다고 해도 부자연스러운 일은 아니다.

남자와 여자가 어우러져 새로운 생명이 싹트는 그 행위.

아이가 알기엔 너무 이르다고 생각해서 당시의 난 최대한 얼버무렸다. 하지만 지금 아사카는 이미 고등학교 3학년. 그녀는 이미 알고 있는 것이다. 그렇다, 아는 게 당연하다…….

어떻게 하면 아기가 생기는지를.

그리고 그러기 위해 무엇을 할 필요가 있는지를.

"아사카…… 너."

"후훗."

아사카의 하얀 손가락이 내 배를 사락사락 어루만졌다.

"뭐 할 생각이야."

"뭐긴요, 지금 말했잖아요. 밤의 밀실에 남녀가 단둘이 있다구요? 이런 때에 뭘 할까요."

"그만 놀려."

"저, 농담으로 이런 짓은 안 한다구요?"

열기를 띤 시선으로 날 내려다봤다.

"유우 오빠, 좋아해요."

"어, 어어?"

생각지도 못한 말이 튀어나왔다. 아사카가 날 좋아해?

"정말 좋아해요. 사랑해요."

"……?!"

말이 안 나왔다.

분명 아사카는 딱 달라붙거나 가끔은 마치 연인인 것처럼 대하는 일이 몇 번인가 있었지만, 그건 옛날과 똑같이 아이로서 어리광을 부리는 것일 뿐이다. 추억을 마음의 버팀목으로 삼고 있던 아사카가 어린 시절을 방불케 하는 행동을 하는 건 이상한 일이 아니었다.

그러니 아사카가 나에게 품고 있는 감정은 아이가 어른을 좋아하는 마음의 연장이며, 그녀의 호의는 연모일 리가 없다. 아사카는 분명 그걸 착각하고 있는 거다.

난 아사카한테서 시선을 돌렸다.

"……바보야. 넌, 자, 착각하고 있을 뿐이야."

"착각?"

아사카는 추억을 잃어버린다는 공포로부터 도망치기 위해 나에게 의존하는 사이에, 날 오빠 같은 사람으로서 좋아하는 마음을 연애 감정으로 믿은 것이다. 분명 그럴 것이다.

"좀 더 세상을 봐. 넌 아직 멈춰 서있을 뿐이야. 앞을 보고 홀로 설 수 있게 되면 보이는 세상도 달라질 거야. 그러면 네가 정말 진심으로 좋아한다고 할 수 있는 남자가 언젠가——."

"하아."

아사카는 한숨을 쉬었다.

"유우 오빠는 둔감하니까 이번에 확실하게 말할게요. 전 유우 오빠를 오빠라 생각하지 않아요."

"어?"

아사카는 가슴에 손을 대고 말했다.

"한 사람의 남자로서 좋아해요."

"그러니까 그건……."

"이 마음은 최근에 생긴 게 아니에요. 전 10년 전부터 당신이 좋았어요."

"!"

"명확한 계기는 없었지만 당신과 헤어진 그날에는 이미 당신을 좋아하고 있었어요. 유우 오빠는 제가 싫으세요?"

"그, 그럴 리가 없잖아. 하지만."

"하지만?"

"이, 이렇게, 사귀는 것도 아닌데……."

"유우 오빠는 그런 부분이 융통성이 없단 말이죠."

아사카는 큭큭 웃었다.

"술이랑 여름밤 때문인 걸로 해요. 분위기를 타서 해버리는 건 자주 있는 일이잖아요."

"다, 다른 사람들도 있다고."

지금 이 별장에 있는 건 우리 둘뿐만이 아니다.

"그렇네요. 만약 둘이 같은 방에서 아침을 맞이하면 모두가 **무엇을 했는지** 알아차리겠죠."

그때의 기분에 휩쓸려서 여고생을 안았다는 사실이 알려지면 큰일 난다. 여기엔 하나요시 씨도 내 부모님도 있으니까.

"그, 그렇게 되면 어떻게 할 거야."

"그렇게 되면 책임 져주셔야 해요?"

아사카는 내 몸에 기대왔다.

"바, 바보 같은 소리 하지 마."

어질어질할 정도로 요염한 향기가 코에서 뇌로 전해지고 부드러운 아사카의 몸이 내 몸에 파고들었다. 불에 기름을 부은 것처럼 열정이 불타올랐다. 그걸 억누르기 위해 난 필사적으로 아버지와 탓짱과 하나요시 씨와 함께 들어간 노천탕의 기억을 떠올렸다.

"큭."

하지만 저항도 헛되이 온몸의 피가 하반신으로 흘러가는 듯한 느낌이 들었다.

"저, 처음이니까 살살 해주세요."

아사카는 내 목에 얼굴을 파묻고 속삭였다. 머리카락의 냄새가 콧구멍을 간질였고, 두근두근 하고 스스로도 알 수 있을 정도로 가슴이 세게 고동쳤다. 나도 이런 건 처음이다.

"……."

목덜미에 스며드는 한숨.

머리카락에서 나는 달콤한 향기.

온몸에 느껴지는 아사카의 무게와 체온.

부드럽고, 따뜻하다.

"……."

나, 난 어떻게 해야 하지. 손을 뻗으면 아사카의 엉덩이에 바로 손이 닿아버린다. 아니, 그런 건 생각할 것도 없잖아.

떼어놔라.

상대는 아사카라고. 어릴 때부터 알고 지낸 동생 같은 아이에게 30대가 다 되어가는 아저씨인 내가 손을 대도 될 리가 없다.

아사카를 떼어놓는 거다!

10살 이상이나 나이 차이가 나고, 게다가 현역 여고생이다.

떼어놔라.

떼어놓는 거다!

사고가 터지기 전에!

"떨어져, 아사카!"

"아, 섰다."

내 본능이 완전히 그럴 마음을 먹고 있었다. 전에 없을 정도의 고양감이 하반신에 농축됐다.

"아사카, 안 된다니깐, 진짜……."

"말은 그렇게 해도 몸은 솔직하네요."

"으으……."

"딱딱해요. 엄청 커."

"바보야."

걷잡을 수 없는 자기혐오가 날 덮쳤다.

최악의 남자다. 동생 같은 아이를 상대로 정욕을 품다니, 부끄러운 줄 알아라. 하지만 그와 동등한, 아니, 그 이상의 흥분이 내 몸을 맴돌았다.

아사카의 고혹적이고 화사한 체취가, 달콤하게 울리는 목소리가, 밀착한 부드러운 피부가 내 뇌를 녹였다. 이 욕망에 몸을 맡기면 얼마나 편할까.

"하아, 하아."

"유우 오빠, 좋아해."

아사카는 자세를 바꿔 몸을 일으키나 싶더니 내 얼굴에 자신의 가슴을 밀어붙이듯이 다시 안겨왔다.

깊은 골짜기 사이에 끼어 그 속으로 내 얼굴이 가라앉아 갔다.

폭신폭신하고 탱글탱글하고 좋은 냄새가 나고 따뜻하다.

"후후, 좋아요?"

좋지만, 안 된다, 참아라.

"만져도 된다구요?"

악마적인 유혹에 이윽고 이성이 녹아갔다.

"크……"

아사카는 왼손으로 내 머리를 안은 채로 다른 한 손으로 나의 가장 소중한 부분을 바지 너머로 만지기 시작했다.

"참지 않아도 된다구요?"

만지작만지작, 만지작만지작……

"으그극."

참는 거다.

"편해지세요."

"아, 아사카."

그 선만큼은 절대로 넘어서는 안 된다.

*

"음~."

잠이 안 온다.

다양한 자세를 시험해봤지만 수마는 찾아오지 않았다. 침대에 누운 지 벌써 1시간은 지났을 텐데.

옛날부터 그랬다. 안 좋은 일이 있거나 고민이 있으면 잠이 잘 안 든다. 눈을 감고 있어도 머리 속이 활발하게 움직여 여러 아무래도 상관없는 일이 떠올랐다가는 사라져서 전혀 잠이 오지 않는다.

그리고 잠을 자야 한다며 초조해져서 쓸데없이 뇌가 활동하는 악순환이다.

"유우 오빠……."

결국 스카우트 이야기는 유우 오빠에게 하지 못했다.

다만, 역시 유우 오빠에게는 말해줘야만 한다고 생각한다. 어차피 부모님을 통해서 알려질 테니 직접 말하는 게 제일이다.

유우 오빠는 쿠마모토에 가는 것을 추천할 테고, 다른 사람들도 벌써 내가 스카우트를 받아들일 것이라 믿고 기대하고 있다.

하지만 난 계속 유우 오빠 곁에 있고 싶다. 아무리 반대한다 하더라도 겨우 손에 넣은 넷이서 보내는 일상을 잃어버리고 싶지 않다.

하지만 그런 이유 때문에 중대한 권유를 거절하는 건 보통 감성이 아니지. 그러니 거절할 생각이라는 건 누구에게도 말하지 못했고, 아직 말할 수 없다.

"깨있을까."

지금 당장 답을 원하는 건 아니고, 내 안에서 확실한 결단이 된 것도 아니다. 하지만 유우 오빠에게 이야기하면 그것만으로도 마음이 편해질 것 같은 그런 느낌이 들었다.

시계를 보니 벌써 오전 1시.

난 침대에서 나왔다.

복도에 나온 그 순간, 거의 동시에 문을 닫는 소리가 들렸다. 바로 옆, 유우 오빠의 방에서다.

유우 오빠는 깨있었던 것 같다.

노천탕에라도 갔었던 걸까. 아니면 아래에서 뭔가 먹은 걸까?

철컥.

잠시 후, 어두운 복도에 낮은 잠금 딱딱한 소리가 울렸다.

"?"

왜 문을 잠근 걸까?

아는 사람들밖에 없는 별장 안에서…….

위화감이 머릿속을 맴돌았다.

그때, 복도 안쪽, 아사카의 방문이 열려있다는 걸 깨달았다. 불온한 상상이 머리를 스쳐 지나갔다.

아니, 설마.

쥐 죽은 듯이 조용한 어스름 속을 천천히 걸었다. 겨우 몇 미터 거리인데 아주 길게 느껴졌다.

"아사카?"

아사카의 방을 들여다봤지만 거기엔 아무도 없었다.

어디 있지?

그리고 난 거실, 부엌, 다락방, 노천탕, 화장실에 창고 등, 별장 안을 구석구석 찾아봤지만 아사카의 모습은 보이지 않았다.

어떤 곳을 제외하고.

남은 곳은 유우 오빠의 방뿐이다. 생각할 수 있는 곳은 여기밖에 없다.

그럼 아까 전에 방에 들어가서 문을 잠근 건 유우 오빠가 아니라 아사카?

그럼 왜 굳이 문을……

안 좋은 상상이 점점 더 커져갔다. 가슴이 찢어질 것만 같은 기분이다.

몇 번이나 물어보려고 했다. 캠프에 갔을 때와 미야오도리 때 물어보려고 했지만 결국 물어보지 못했다. 물어볼 수 있을 리가 없잖아.

아사카는 유우 오빠를 좋아해? 라고.

아사카가 유우 오빠를 좋아한다고 가정하고, 심야에 몰래 만난다는 건 지금 둘은 안에서…….

난 머리를 붕붕 저었다.

아니, 그럴 리가 없다.

둘은 아직 그런 사이일 리가 없다.

"……."

확인하고 싶다.

하지만 유우 오빠의 방문은 잠겨있으니까 들어갈 수 없는데…… 그렇지.

분명 베란다는 한쪽의 모든 방과 연결되어 있을 것이다. 난 내 방으로 돌아가서 창문을 통해 베란다로 나왔다.

강한 바람이 불고 있었다. 숲의 나무들은 바람을 맞아 크게 흔들렸다. 마치 지금 내 기분을 나타내고 있는 것 같았다.

달이 구름에 가려져 어렴풋한 어둠이 깔려있었다.

살금살금 걸어서 유우 오빠의 방 바깥까지 걸었다. 마침 커튼이 다 쳐져있지 않아 틈이 있었다. 빛이 새어나왔다.

아무것도 아니다.

괜찮다.

그저 이야기라도 하고 있을 뿐이다.

딱 보고 아무것도 아니면 곧노 곽에서 나노 끌어보내 낱나고 하자. 그리고 둘에게 진로 상담을 하고──.

그리고 난 방 안을 엿봤다.

"……!"

커튼 틈으로 보인 것은 믿을 수 없는 광경이었다.

"말도 안 돼, 아사카."

충격 때문에 생각이 정리되지 않았다.

침대 위에서 아사카가 유우 오빠를 위에서 덮듯이 안고 있었다.

불안은 적중하고 말았다.

역시 아사카는 유우 오빠를 좋아했구나. 어릴 때 놀아준 오빠가 아니라 한 명의 남자로 유우 오빠를 보고 있었다.

다만 둘이 사귀고 있었다는 이야기는 못 들었고, 지금까지의 둘의 관계를 돌아봐도 그런 사이일 것 같지는 않다. 게다가 만약 그렇게 되면 우리 사이이니 반드시 털어놓고 이야기할 것이다.

새어 나온 대화를 들어보니, 이건 아사카가 일방적으로 덮치는 것 같았다.

하지만 이대로 가면 유우 오빠의 이성이 붕괴되는 것도 시간문제다. 아사카는 여자인 내가 봐도 예쁘고 매력적인 미소녀니까.

내가 베란다에서 난입하면 아무래도 아사카도 물러나겠지만 그런 짓은 할 수 없다.

나 같은 것과는 다르게 아사카는 용기를 내서 유우 오빠에게 마음을 전했다. 그걸 방해하는 짓은 친구로서 할 수 없다. 그치만, 그치만, 나도 유우 오빠가 좋다.

이대로 가만히 둘이 맺어지는 걸 보고만 있다니…….

어떻게 해야…….

볼에 닿는 바람이 차갑다 싶더니, 눈물이 흐르고 있었다.

*

"하아, 하아."

호흡이 거칠어졌다.

"읏."

무의식중에 양손이 아사카의 등까지 와있었다.

위, 위험하다.

그대로 안고 있었으면 더는 돌아갈 수 없을 뻔했다.

"이 이상은 장난으로 안 끝나게 될 거야."

"전 처음부터 진심이었어요."

"……아사카."

"정말, 어쩔 수 없는 사람이네요."

아사카는 그렇게 말하고 몸을 일으켰다.

다행이다, 이해해준 모양이다.

아사카의 몸이 떨어져서 아쉬운 기분도 들었지만 이로써 사고가 터질 일은 없어졌다.

"유우 오빠도 일어나주세요."

"어, 어어."

그러자 이번엔 아사카가 내가 누워있던 곳에 누웠다.

"이, 이사카?"

아사카는 턱을 당기고 분홍색 입술에 검지를 댔다. 날 올려다보는 시선은 화상을 입을 정도의 열을 띠고 있었다. 네글리제에 비치는 아사카의 굴곡이 심한 몸에 순식간에 시선을 빼앗겼다.

눈을 돌리려고 해도 시선은 어째서인지 아사카에게 딱 고정돼

버렸다.

하반신의 흥분은 가라앉기는커녕 더 악화된 것 같았다. 아까 전보다 더 답답해지고, 열정의 불꽃이 타올랐다.

이 팽창한 고통을 해방하고 싶다! 그런 욕망이 날 침식해 갔다.

"자, 하고 싶은 대로 해도 돼요."

아사카도 긴장하고 있는지 가슴이 위아래로 크게 움직였다. 쇄골에는 땀이 살짝 났고 허전한 듯이 허벅지끼리 꾸물꾸물 비비고 있었다.

윤기가 흐르는 흑발, 풍만한 가슴, 잘록한 허리에 하얀 피부, 그리고 포동포동하게 살이 찬 하반신. 여자로서 본 아사카는 더 이상 내가 알고 있는 꼬맹이가 아니었다.

"어서 드세요."

"······아사카."

난 마른침을 삼키고 정신을 차리고 보니 몸을 살짝 앞으로 기울이고 있었다. 내 안에서 뭔가가 툭 하고 끊어진 것 같은 느낌이 들었다.

"······."

이제, 괜찮지 않을까?

이 이상 참으면 뭐가 되지?

"자, 유우 오빠."

난 아사카의 냄새를 가슴 가득 들이마시면서 몸을 조금씩 앞으로 기울여 갔다.

"와요."

"어어."

바보, 그만둬, 멈춰!

하지만 내 몸은 나의 명령을 무시했다.

눈앞에 펼쳐진 쾌락에 그대로 빠지려 했다…….

달콤하게 피어오르는 아사카의 체취가 날 사로잡았다.

"아사카."

"살살 해주세요."

아사카의 손이 내 목에 걸렸고, 그녀는 눈을 감았다.

"그래."

조금씩, 둘의 거리가 좁혀져 갔다.

"유우 오빠, 좋아해."

더는 아무 생각도 할 수 없다.

알고 있는 것은 하나뿐.

눈앞에 있는 극상의 몸을 다 맛보기 전까지 난 분명 멈추지 않을 것이라는 것. 이건 이제 내 것이다.

이 암컷에게 끓어오르는 육욕을 전부 터뜨려주겠다.

나의 수컷으로서의 본능이 그렇게 외쳤다. 어른 남자를 유혹하면 어떻게 되는지 그 몸으로 알게 해주는 거다. 뒷일은……

끝난 다음에 생각하면 된다.

"아사카."

"유우 오빠."

아사카의 가녀린 어깨를 잡자 움찔 하고 그녀의 몸이 작게 튀었다. 밀착된 피부에서 아사카의 열이 전해져 왔다.

연분홍색 입술에 내 입술이 가까워져 갔다.

둘의 입술이 서로 닿기까지 앞으로 몇 센티…….

그리고──

Prrrrrrr

"──!"

그 소리가 귀에 닿은 순간, 날 지배하던 성욕은 따뜻한 물에 놓은 얼음처럼 순식간에 사라지고 그 대신 얼어붙을 정도의 한기가 몸을 꿰뚫었다.

"힉, 아아아."

몸이 튀어서 침대 속으로 천장을 보고 쓰러졌다.

천장이 빙글빙글 회전하고 머릿속에서 그 지옥 같은 나날이 떠올랐다.

상사의 노성.

가혹한 노동.

'아리츠키, 내일은 4시에 일찍 출근해줘.'

'아리츠키, 오늘 남아주겠나?'

'잔업 수당 같은 건 안 나오는 게 당연하다고.'

'유급 휴가를 받는 녀석은 사회인 실격이지. 일하지 않고 돈을 받는다니, 부끄럽다고 생각하지 않나.'

'응석 부리지 마라.'

'여기서 그만두면 지금까지의 노력이 허사가 되는데?'

'납품 미스가 있어서 말이야, 갖다 주고 와줘.'

'난 지금부터 너희를 때릴 거다.'

'조금만 더 열심히 해줄 수 없나?'

'아리츠키.'

'아리츠키.'

'아리츠키.'

"아아아아, 으아아아아아아아."

"앗, 죄, 죄송해요. 매너모드로 하는 걸 잊고 있었어요."

아사카가 침대에서 내려와 근처에 있는 테이블에 손을 뻗었다. 트라우마인 착신음은 아직 극복하지 못했다.

"히익……"

소리가 그쳐도 한동안 몸의 떨림은 가라앉지 않았다.

"유우 오빠, 괜찮아요."

아사카가 울 것 같은 표정으로 날 안았다.

"하아, 하아…… 아사카."

"아무것도 무섭지 않아요."

등을 쓰다듬으며 날 진정시키기 위해 계속해서 상냥한 말을 해줬다.

"후우, 하아, 고마워."

진정됐을 무렵에는 자기혐오와 한심함으로 가득했다. 머리가 냉정해져 감에 따라 후회가 밀려왔다.

바보 같은 놈. 넌 지금 뭘 하려고 한 거냐?

아사카를, 어릴 때부터 알고 지낸 귀여운 동생 같은 아이를 안으려고 했다고. 한때의 감정에 몸을 맡기고 여고생을 건드리려고 했다고.

"유우 오빠, 이제 괜찮아요?"

"어어, 고마워."

"미안해요, 매너모드로 하는 걸 잊어서."

"아니, 괜찮아. 그보다 다시 안 걸어도 괜찮아?"

"그게, 발신자 표시 제한이라서."

이런 심야 시간대에 발신자 표시 제한으로 전화가 오다니, 무섭다.

"흥이 다 깨져버렸네요."

아사카는 슬픈 목소리를 냈다. 보니까 눈물이 살짝 맺혀있었다.

"아사카, 미안해. 무서웠지."

"뭐가요?"

"욕망에 휩쓸려서 널, 그, 안으려고 했어."

"제가 유혹했으니까 신경 안 써도 돼요."

"나에게 넌 귀여운 동생 중 한 명이야. 그런 너에게, 설령 한순간이라 해도 성욕을 보인 스스로가…… 부끄러워."

"유우 오빠, 제가 아까 말한 건 전부 진심이에요. 전 유우 오빠가 좋아요. 한 사람의 남자로서."

"……."

"그래서 유우 오빠가 절 여자로 봐준 게 기뻐요."

아사카는 의기양양하게 말했다.

"아사카, 그건."

확실히 아까 난 아사카를 여자로 봐버렸다. 그건 틀림없는 사실이다.

"유우 오빠는 제가 싫어요?"

"싫을 리가 없잖아. 하지만 동생 같은 아이에게 그런 마음을 품는 건 이상해."

"전 더 이상 아이가 아니에요."

"내가 보기엔 아직 아이야. 네가 이렇게 작았을 때부터 알고 있었다고."

바닥에서 1미터 정도의 높이에 손바닥을 수평으로 뒀다.

"사람을 좋아하게 되는 마음엔, 어른도 아이도 없고 나이도 상관없어요. 그리고 이제 의식하게 됐죠?"

"……노코멘트."

"후훗, 그걸로 됐어요. 오늘은 더 이상 그럴 분위기가 아니네요. 아쉽지만 돌아갈게요."

아사카는 천천히 일어섰다. 난 속이 비쳐 보이는 네글리제에서 눈을 돌렸다.

"그래."

"이번엔 이래저래 중간을 건너뛰었네요. 이다음은 둘만의 밤까지 미뤄요."

"아사카, 난——."

"유우 오빠, 사랑해요."

아사카는 그런 말을 남기고 방에서 나갔다.

＊

아사카가 방에서 나간 것을 지켜보고 나도 내 방으로 돌아갔다.

다행이다. 간발의 차였어.

어떻게든 이 상황을 수습했다.

다소 억지스러웠지만 이것 이외의 방법이 생각나지 않았다.

미안, 아사카. 미안, 유우 오빠.

"히끅, 훌쩍."

잘됐을 텐데 어째서인지 눈물은 멈추지 않았다.

8

다음 날 아침, 내 방에 찾아왔던 아사카는 평소와 다름없는 모습이었다. 어젯밤에 그런 일이 있었음에도 불구하고 태연했다.

"안녕하세요, 유우 오빠."

"아, 안녕."

하얀 티셔츠에 검은 미니스커트. 갑자기 어젯밤에 비쳐 보였던 아사카의 요염한 몸이 환영으로 떠올라서 난 양손으로 볼을 세게 쳤다.

"유, 유우 오빠? 왜 그러세요?"

"아니, 아무것도 아니야."

"?"

이 녀석, 어떻게 이렇게 태연하게 있을 수 있는 거냐. 이러면 정말로 아사카를 여자로 의식하고 있는 것 같잖아.

얼굴이 뜨겁다.

냉방은 잘 되고 있는데 몸이 달아올라서 어쩔 도리가 없었다.

아니 잠깐만, 어쩌면 그건 내 뇌가 보여준 꿈이었을지도…….

그래, 그렇다면 아무런 문제없다.

"유우 오빠, 어제는 폭주해서 미안해요."

꿈이 아니었다.

"아사카, 그건…….."

"어제도 말했지만 전 유우 오빠가 좋아요."

아사카는 얼굴을 빨갛게 물들이며 날 가만히 바라봤다.

"농담도 놀리는 것도 아니에요. 유우 오빠에게 전 아직 아이일지도 모르지만 언젠가 반드시 공략해 보일 테니까요."

"공략한다니……."

"에헷."

진심이다.

미야나 마히루처럼 아는 오빠로 보는 게 아니라, 이 녀석은 진심으로 날 남자로 보고 있는 건가. 기쁘기도 하고 쓸쓸하기도 한 듯한, 복잡한 기분이다.

이럴 때 어떻게 대답하는 게 정답일까.

"……."

아무 말도 할 수 없는 스스로가 한심했다.

"각오, 하고 있으세요."

"웃……."

아사카는 웃음을 보이고 방에서 나갔다.

*

"모처럼 기정사실을 만들려고 했는데."

방으로 돌아와 난 스마트폰을 들었다.

증거사진과 영상을 찍을 생각으로 들고 있던 스마트폰이 오히려 해가 되다니. 이럴 줄 알았으면 맨 처음에 사진을 찍어둘 걸 그랬다.

착신 이력에 남은 발신자 표시 제한이라는 글자. **그런 시간**에 대체 누가⋯⋯?

*

"어라? 마히루가 없네."

아침 식사 자리에 마히루의 모습이 없었다.

"내가 불러올게."

미야가 자리에서 일어나는 것과 동시에 마히루가 왔다.

"안녕."

"오오, 늦었네."

"아, 응. 좀 많이 잔 것 같아."

그렇게 말하는 것 치고는 눈 아래에 다크서클이 생긴 것 같은데⋯⋯.

안색도 조금 안 좋지 않나?

"마히루, 더 안 먹어도 돼?"

아사카가 의아한 듯이 말했다.

"으~음, 이제 배불러."

식욕도 없는지 아침밥을 조금 남겼다. 그 대식가인 마히루가. 희한한 일이다.

"속 안 좋아?"

"아니, 괜찮아. 좀 많이 자서 상태가 이상할 뿐이니까."

"그래? 그럼 됐고."

식후의 티타임을 끝내고 각자 자유롭게 시간을 보냈다.

"마히루, 바다에 가자."

미소라가 마히루 곁으로 갔다.

"엄마랑 마히루 중에 누가 더 배구를 잘하는지 보고 싶어!"

타츠키가 히카리의 손을 잡았다.

"좋아."

소파에 누워있던 마히루는 몸을 일으켰다.

"야, 마히루, 너 괜찮아?"

"괜찮냐니, 뭐가?"

"몸 상태, 사실은 안 좋은 거 아냐?"

마히루는 한순간 진지한 표정을 지었지만 금방 웃는 얼굴을 보였다.

"그렇지 않다니깐."

"무리하지 마."

"……응. 괜찮아."

마히루는 그대로 아이들과 함께 나갔다. 그때 엇갈려서 미야
가 왔다.

"유우 오빠. 소설 완성됐어~."

미야는 내 손을 잡아당겼다.

"오, 다 됐구나. 어디 보자."

거실에서 나올 때 아사카와 엇갈렸다. 연분홍색 입술에 손가
락을 대고 나한테만 보이는 각도에서 손키스를 날렸다.

어젯밤의 흥분이 되살아날 뻔해서 난 창가에 있는 흔들의자에
늘어져 있던 아버지를 응시했다.

"뭐, 뭐냐 유우."

"아냐, 아무것도……."

"유우 오빠, 빨리~."

"알았어 알았어~."

그리고 우린 저녁 무렵에 별장을 떠날 때까지 쇼난의 여름을
만끽했다.

길면서도 짧았던 3일간의 여행.

저녁놀의 배웅을 받으면서 차에 올라타 즐거운 시간을 보낸
별장을 뒤로했다. 마히루는 노느라 지쳤는지 조수석에 앉은 지
10초도 안 돼서 잠들어버렸다.

"내년에도 또 오고 싶네"라고 말하는 미야.

"그렇네."

아사카는 미소 지었다. 이렇게 2박 3일의 쇼난 여행은 막을

내렸다.

*

　나중에 돌이켜보면, 이 여행이야말로 우리의 관계를 크게 바꾼 최초의 계기였을지도 모른다.

1

쇼난 여행 다음 날, 난 토가미가로 가고 있었다. 할머니 할아버지와 유우히에게 선물을 주기 위해서다. 서쪽에 줄지어 있는 웅대한 산들을 옆으로 보면서 시빅으로 평원을 달렸다.

쇼난은 즐거웠지만, 시즈오카 사람인 난 역시 후지산이 경치 속에 없으면 진정이 안 된다.

그래, 즐거웠다…….

"……."

혼자일 때 긴장을 풀면 아사카와 있었던 일이 머리에 자꾸만 떠오른다. 부드럽고 달콤한 아사카의…….

안 된다 안 된다.

뭘 떠올리는 거냐 이 바보야.

"우오오오오오오."

엔진의 회전수를 한계까지 시원하게 올려 잡념을 떨쳐냈다.

애초에 아사카는 고등학생이다. 아무리 아사카가 호의를 보여도 그걸 받아들이기에는 사회의 눈이라는 벽이 있다. 미성년자 추행으로 안방극장에서 이름이 나오면 그야말로 웃어넘길 수 없는 일이다.

하지만 그대로 전화가 안 왔다면 나도 마침내 어른 남자가 될 수 있었을 텐데 아깝다…… 가 아니다.

왜 조금 아쉬워하는 거냐. 누구인지 모르겠지만 아사카의 휴대전화에 전화를 걸어준 누군가 덕분에 잘못을 저지르지 않고 끝났다.

그대로 갔으면 난 확실히 아사카에게 손을 댔을 것이다. 난 어른이다. 내가 정신을 똑바로 차려야 하는데 머릿속에 떠오르는 건 그날 밤 아사카의 온기와 목소리뿐.

그런 생각을 하고 있으니 어느샌가 토가미가에 도착해 있었다. 마음을 다잡고 밭일을 하고 있던 할머니에게 말을 걸었다.

"여어, 할머니."

"어머, 유우, 어서 오렴."

"자, 이거 선물."

술을 좋아하는 할머니와 할아버지에게는 쇼난의 유명한 가게의 젓갈과 지역의 술을 사 왔다.

"아이고야, 고마워. 어디 갔다 왔디야?"

"잠깐 쇼난에. 할아버지는?"

"지금 뭐 좀 사러 갔어."

"그럼 유우히 있어?"

"방에 있어. 들렀다 가."

"실례합니다."

유우히는 거실에서 텔레비전을 보고 있었다. 긴 금발을 트윈테일로 묶고 하얀 티셔츠에 검은 반바지로 여름다운 복장을 입고 있었다. 소파 깊숙이 기대어 앉아 지역 여행 방송을 열심히 보고 있었다.

"어라? 유우잖아. 어서 와."

"실례할게. 자 이거."

난 선물을 줬다.

"어? 뭐야?"

"쇼난에 여행 갔다 와서, 선물이야."

"오~, 좋네~. 뭘까."

유우히에겐 줄 선물은 시라스 센베*였다.

"······················고마워."

좋아해주는 것 같다.

"그보다 뭐야? 혼자 갔어?"

"아니, 부모님이랑 아는 사람들이랑 여럿이서."

"좋겠다, 유우히도 가고 싶었는데."

"그렇구나, 유우히한테도 말할 걸 그랬네."

"다음에 갈 때는 꼭 유우히도 불러."

"알았어 알았어."

"바다 같은 데도 갔어?"

"갔다고 해야 하나, 바로 앞이 바다였어. 아는 사람이 바다 옆 별장을 가지고 있어서 거기서 잤어."

"이야~, 좋겠다, 좋겠다."

유우히는 소파에서 버둥거리기 시작했다.

"유우히도 귀여운 여자애랑 바다에서 놀고 싶어."

"아니, 그걸 어떻게?"

---

* 치어를 다져서 전분과 섞어서 구운 후에 튀겨 조미한 전병.

"뭐?"

"어?"

"지금 한 말은 유우히의 소원인데…… 뭐야? 여자애랑 같이 갔어?"

"아니, 뭐."

"흐음, 꽤 하네."

"아니, 딱히 그런 사이 아니라니깐. 아는 사이일 뿐이야."

"흐~음."

유우히는 히죽거렸다. 보아하니 이상한 착각을 하고 있는 것 같다.

그때, 왜인지 아사카가 머리에 떠올랐다. 이전에 유우히가 여고생과 친해지는 건 사회적으로 좋지 않다고 못을 박은 지 얼마 안 됐다. 이건 절대로 말할 수 없겠다.

"다음에 유우히한테도 소개해줘."

"그러니까 그런 게 아니라니깐."

"유우, 와있냐."

그때 할아버지가 돌아왔다.

"아, 할아버지."

할아버지에게도 선물을 전했다.

"그럼 바로 마실까?"

"아니, 오후부터 가게에 가야 해서."

"그러냐, 그래서 어디 갔었니?"

"잠깐 쇼난에――."

　　　　　*

　"마히루, 저녁 다 됐어."

　엄마가 방에 들어왔다. 난 침대에 누워서 천장을 바라보고 있었다.

　"……괜찮아."

　"괜찮다니, 너 점심도 안 먹었잖아."

　"먹었어, 주먹밥 하나."

　"어디 몸 안 좋아?"

　"괜찮아, 식욕이 그다지 없을 뿐이니까."

　"……그래. 하지만 영양분은 섭취해야지. 내일부터 또 부활동이잖아?"

　"……응."

　"무슨 고민이라도 있어?"

　"?!"

　"진로 때문에?"

　"……."

　난 일어났다.

　"마히루?"

　"목욕할래. 괜찮아, 밥도 먹을 거니까. 피곤할 뿐이야."

　억지로 웃고 도망치듯이 방을 뒤로했다.

　아무튼 혼자 있고 싶었다.

탈의실에서 옷을 벗고 욕실로.

몸을 씻고 욕조에 얼굴까지 담갔다.

"……"

쭉 넷이서 있고 싶었다.

유우 오빠, 미야, 아사카, 그리고 나.

지금까지의 관계 그대로, 쭉……

하지만 만약 아사카가 유우 오빠와 사귀면…….

"하아."

계속 넷이서 같이 있고 싶다. 난 그걸로 만족한다. 그래서 이번 여름 방학은 정말 즐거웠다. 초등학교 1학년 여름이 시작됐던 우리 네 명의 일상이 다시 돌아왔으니까…….

"……"

자신의 마음을 겉으로 드러내면 그 결과가 어떻든 지금까지와 같은 관계로는 있을 수 없게 된다. 넷의 관계를 부수고 싶지 않아서, 유우 오빠에게 거절당하고 싶지 않아서, 계속 유우 오빠 곁에 있고 싶어서…….

그래서 쭉 마음을 숨겨왔다.

하지만 아사카는 다르다.

아사카도 유우 오빠를 좋아한다. 여행 마지막 밤에 유우 오빠에게 마음을 전하고 진심으로 유우 오빠를 자기 것으로 만들려고 했다.

이제 와서 생각해보면 아사카는 노골적이기까지 할 정도로 유우 오빠에게 마음을 품고 있었다. 예를 들면 그 머그컵. 아사카는 캠프를 위해 넷이서 쓸 똑같은 컵을 만들었다고 했지만, 하트 마크가 달린 컵을 유우 오빠와 자신에게 할당했다.

그건 아마 커플 컵을 들키지 않도록 나와 미야의 컵을 다른 마크로 추가해서 위장한 것일 뿐이다.

난 유우 오빠 곁에 있을 수 있으면 그걸로 만족이었다. 연인 사이가 아니라도 좋다. 그저 그 사람과 더는 떨어지고 싶지 않을 뿐.

하지만 만약 아사카가 유우 오빠와 사귀기 시작하면 연인 사이가 된 둘을 곁에서 계속 지켜봐야만 하는 거야?

그런 건…….

눈물이 조금 났다.

난 어떻게 하면 좋을까.

누가 답을 알고 있으면 가르쳐줬으면 좋겠다.

*

"엄마, 복사기 좀 쓸게."

"뭐에 쓰는 거야? 미야."

그걸……. 좀 인쇄할 거야.

난 노트북과 복사기를 연결했다.

"후후훗."

유우 오빠와 함께 만든 이 소설. 중립적으로 봐도 훌륭한 작품이라 생각한다.

수상한 저택에 사는 수수께끼의 일족과 우연히 헤매 들어온 탐정. 박복한 미소녀와 수상한 일족의 피로 물든 역사와 처참한 살인사건. 논리를 쌓아나가고, 이윽고 모든 수수께끼가 풀린다…….

　본격 미스터리라는 건 이런 거라고.

　이제 퇴고하고 출판사에 보내기만 하면 된다. 퇴고는 컴퓨터 화면으로 읽는 것보다 종이에 인쇄해서 읽는 편이 더 하기 쉽다. 화면에 있는 문장은 종이에 인쇄한 것과 비교하면 몰입이 안 되고, 읽고 있으면 왠지 눈이 아파온단 말이지.

　그래서 난 전자책 소설도 거의 안 산다.

　책은 종이가 제일이다.

　원고 다발과 볼펜과 포스트잇을 들고 소파에 앉았다.

　"……앗."

　이렇게 다시 작품을 읽어보면 오탈자가 꽤 많다. 그리고 더 좋은 표현이나 묘사를 떠올리는 경우도 있어서 퇴고는 중요한 작업이라는 걸 실감했다.

　"언니, 욕실 비었는데."

　잠시 뒤 목욕을 마친 미소라가 속옷 차림으로 왔다. 차박차박 발소리를 내면서.

　"음~, 아직 괜찮아."

　오래 걸릴 것 같은 예감.

　"그럼 내가 먼저──."

　아버지가 일어났다.

"역시 내가 먼저 할래~."

*

"싫어요."

"아니, 싫어요, 가 아니라."

하나요시는 머리를 싸매고 있었다.

"카나가와에 돌아가고 싶지 않아요!"

"하아."

이렇게 말할 거라는 건 예측하고 있었다.

하나요시는 무거운 한숨을 쉬었다.

쇼난의 별장에서 아리츠키와 10년 만에 재회한 이후로 아사카는 생기 있게 매일을 보냈다. 울적했던 10년 동안의 모습을 봐왔던 만큼, 모두와 헤어져 원래 생활로 돌아가는 것을 거부하는 아사카의 마음은 하나요시도 이해가 안 되는 건 아니었다.

"유우 오빠랑 쭉 같이 있고 싶어요."

"학교는 어떡할 거냐, 학교는."

"전학할게요. 미야랑 마히루와 같은 학교에 9월부터 다닐게요."

"바보야! 무슨 소릴 하는 거냐. 진학은 추천으로 간 거잖아? 지금부터 수험을 준비해도 늦단 말이다."

"진학만이 진로가 아니에요."

"뭐라고?!"

머리가 아프다.

벌써 2시간 가까이 이 상태다.

하나요시는 다시 한숨을 쉬었다.

아사카는 어리광을 잘 부리지만 이렇게까지 떼를 쓰는 아이는 아니었다. 그만큼 아리츠키와 모두와의 시간이 아사카에게 중요하다는 뜻이겠지만 그건 그거고 이건 이거다.

학교 또한 그녀의 인생에서 똑같은 만큼 중요한 것이다.

"알았다, 아사카. 진정해라. 잘 들어라, 분명 모두와 다시 떨어져서 생활하는 게 괴롭다는 아사카의 마음은 이해한다. 그래도 말이다? 시즈오카와 카나가와는 겨우 1시간 거리 아니냐. 당일치기도 가능하고, 쉬는 날에는 여기서 잘 생각으로 오면 그만이잖냐."

"……."

"아사카."

"아무튼 누가 뭐라고 해도 전 카나가와에는 돌아가지 않을 거예요."

"아사카! 기다려…… 하아."

어떻게 해야 할까.

하나요시는 전화를 걸었다. 상대는 아리츠키다. 그가 설득해줬으면 하지만, 아사카가 저 상태면 그것도 어려울 것이다. 밑져야 본전이다. 해도 손해는 안 본다.

"그래, 유우 군인가? 잠깐 얘기하고 싶은 게 있는데."

사건의 전말을 설명했다.

"알았어요. 아마 힘들겠지만 저도 말해볼게요."

"그래, 부탁한다."

자 그럼, 아사카가 진심으로 이쪽 학교에 전학할 생각이라면 여기저기에 이런저런 이야기를 해둬야 한다. 이러니저러니 해도 아사카의 부탁은 거절하지 못하는 하나요시였다.

10분 후.

아사카가 찾아왔다.

"돌아갈 준비를 시작할게요."

"에?!"

2

8월 마지막 날. 오늘은 아사카가 카나가와에 돌아가는 날이다. 후지노미야역에 미야와 마히루와 함께 가서 배웅하기로 했다.

서쪽으로 해가 져서 후지산이 빨갛게 물들었다.

'곧 상행 열차가 옵니다.'

안내방송이 플랫폼에 흘렀다.

"아사카아, 또 봐아."

미야는 울먹이면서 아사카에게 안겼다.

"벌 우는 거야, 미야."

마히루가 웃었다.

"그치마안, 여름 방학 동안 계속 같이 있었잖아."

"괜찮아, 미야. 주말이나 연휴에 또 놀러 올 테니까."

"응, 응. 꼭이야."

"평생 헤어지는 것도 아닌데 호들갑이네."

내가 그렇게 말하자,

"10년이나 안 돌아온 전례가 있으니까"라며 마히루가 딴지를 걸었다.

"윽."

아무런 대답도 할 수 없었다.

"마히루도 해줄래?"

"어? 나도?"

마히루와 아사카가 서로 안았다. 마히루는 부끄러운지 표정이 조금 어색했다.

"그럼 마지막으로 유우 오빠도."

"아니, 난 안 되잖아."

이렇게 사람들이 오가는 곳에서 여고생과 포옹하면 확실하게 신고당한다.

"……그것도 그렇네요."

"어?"

아사카는 시원스럽게 말했다. 왠지 맥 빠졌다.

솔직히 아사카랑 있으면 그날 밤의 일이 반강제적으로 떠올라 심장에 안 좋다. 그런 생각을 하고 있으니 아사카는 안기지 않고 얼굴만 가까이 대고,

"사랑해요"라고 속삭였다.

"뭣?!"

"어? 뭐라고 했어?"

미야가 고개를 갸웃했다. 안내방송과 전철 소리에 묻혀서 어째 나한테만 들린 모양이다.

"아무것도 아니야. 그럼 다들 바이바이."

아사카를 태운 전철은 동쪽을 향해 천천히 움직이기 시작했다.

즐거웠던 추억이 선명하게 떠올랐다.

수영장, 캠프, 미야오도리에 여름 축제, 그 외에도 즐거운 일이 가득했다. 그리고…… 쇼난 여행.

저녁매미의 구슬픈 소리가 들리기 시작했다.

여름이, 끝났다.

후기

즐거웠던 여름 방학 후편, 어땠나요. 아리츠키를 둘러싼 히로인 레이스는 아사카가 강렬한 한 수를 둬서 크게, 그리고 일그러진 형태로 전진했습니다. 동생 같은 아이라 생각했던 아사카에게 확실하게 연모의 정을 전달받은 유우는 무슨 생각을 하는가. 그리고 이 쇼난 여행에서 일어난 일이 유우와 건방진 꼬맹이들의 관계에 어떤 영향을 끼치는가……

즐거웠던, 이라는 과거형 표현의 의미는 이로써 이해하셨으리라 믿습니다.

독주 상태인 아사카는 이 리드를 유지할 수 있을 것인가. 일단은 아사카가 밤에 덮친 걸 유일하게 알아버린 마히루의 움직임에 기대? 마히루는 넷이서 쭉 함께 있고 싶다. 지금 사이 그대로 있고 싶다는 마음을 숨기고 있으니 아사카의 행동은 그 소원을 정면으로 부수는 것이죠.

미야가 현재로서는 히로인 레이스에 깊이 관여하지 않는(그렇다기보다는 못 알아차렸나?) 이상, 마히루가 어떻게든 하는 수

밖에 없죠. 힘내라, 마히루!

허당 VS 보이시 VS 얀데레. 이 싸움은 어떻게 결말을 맞이할까요. 이런 히로인 레이스물은 서브히로인이라면 져도 어쩔 수 없다고는 생각하지만, 건방진 꼬맹이는 세 히로인 모두가 메인 히로인이니 말이죠. 난처하네요.

그리고 이번 권에서 드디어 마지막 한 명의 철벽성녀이자 '저녁'을 담당하는 토가미 유우히가 현대 파트에 본격적으로 등장했습니다. '저녁' 칭호는 칸자이 유키가 토가미 유우히에게 양보해주기로 하죠.

만반의 준비를 하고 등장한 유우히입니다만, 유우가 자각 없이 성희롱을 마구 해서 재회한 당초에는 좋은 인상을 가지지 않은 것 같네요. 다만 여름 방학이 끝날 무렵에는 어째저째 사이가 좋아진 것 같아 작가도 일단 안심했습니다.

유우유우 콤비는 진정한 의미로 남매 같은 사이로 묘사하고 있으니, 유우히의 스토리에서의 위치나 포지션은 굳이 말하자면 히로인이 아니라 조력자 여동생 타입의 캐릭터가 될 것 같은 예감……?

자 그럼, 다른 이야기인데 현재 기획 진행 중인 만화판 말입니다만, 이 후기를 쓰고 있는 게 만화화 결정 고지를 한 다음 날이니 4권 발표 시점에 어디까지 진행됐는지, 어디까지 정보를 말해도 되는지는 이 후기에선 뭐라 말할 수가 없습니다. 죄송합니다, 죄송합니다…….

건방진 꼬맹이 만화화가 결정되고 기획이 시작된 게 작년 10월 말 무렵. 그 이후로 독자 여러분께 정보를 푼 게 올해 2월 중순. 약 네 달 정도일까요. 이 기간에 전 빨리 만화화가 결정됐다는 걸 너무 알리고 싶어 근질근질해서 안절부절못하며 하루하루를 보내고 있었습니다.

기본적으로 얻은 정보는 아무리 작은 것이라도 바로 말하고 싶어지는 성격이라 정말 입이 근질근질한 네 달이었습니다…….

이미 만화판의 캐릭터 디자인 등은 받는데, 전 그 훌륭한 일러스트를 보고 히죽거리고 있습니다. 꼬맹이 캐릭터들이 제대로 '만화' 세상에 구현되어 있어서 만화가 선생님(아직 밝힐 수 없습니다), 갱장해, 라는 감상을 품었습니다.

설마 자신의 뇌 속에서 태어난 작품이 책이 되고, 결국 만화까지 되다니, 작가를 지망하고 소설을 쓰기 시작한 9년 전의 저는 생각지도 못해본 일인 겁니다. 정말 기쁩니다.
만화판이 언제쯤에 연재를 시작할지는 미정입니다만, 독자 여러분과 함께 저도 즐겁게 기다리고 싶습니다.

그러고 보니 여러분은 알아차리셨나요. 4권의 멜론북스 한정 태피스트리는 흡혈귀 코스프레를 한 아사카였죠. 그리고 1권에선 마녀 코스프레를 한 미야가 멜론북스 한정 태피스트리로 그려졌죠. 자, 그럼 건방진 꼬맹이 3권을 가져오는 것이다. 그리고 264페이지를 펼쳐 건방진 꼬맹이 파트의 할로윈 삽화를 찬찬히 관찰하는 것이다.

이해가 됐는가…….

훗훗훗, 이 이상은 아무 말도 하지 않겠다.

마지막으로 일러스트를 담당해주신 히게네코 씨, 담당편집자 N씨, 그리고 읽어주신 여러분, 감사합니다!

2024년 2월 모일 칸자이 유키

10NENBURI NI SAIKAISHITA KUSOGAKI WA SEIJUN BISHOJO NI SEICHOSHITEITA Vol.04

**10년 만에 재회한 건방진 꼬맹이는
청순 미소녀 여고생으로 성장해 있었다 4**

2024년 9월 1일 1판 1쇄 발행

저　　　　자 칸자이유키
일 러 스 트 히게네코
옮 긴 이 박정철
발 행 인 유재옥
총 괄 이 사 조병권
출판본부장 박광운
담 당 편 집 박치우
편 집 1 팀 박광운
편 집 2 팀 정영길 조찬희 박치우 정지원
편 집 3 팀 오준영 이소의 권진영
디자인랩팀 김보라
디지털사업팀 박상섭 김지연 윤희진
라이츠사업팀 김정미 맹미영 이윤서
영업마케팅팀 최원석 박수진 이나경
물 류 팀 허석용 백철기
경영지원팀 최정연
인쇄제작처 ㈜코리아피앤피
발 행 처 ㈜소미미디어
등　　　록 제2015-000008호
주　　　소 서울시 마포구 토정로222, 502호 (신수동, 한국출판콘텐츠센터)
판매 및 마케팅 (070) 8822-2301

ISBN 979-11-384-8414-5
ISBN 979-11-384-8069-7 (세트)